Tibor Rácskai

Aufgeben oder Bleibenlassen

Wie die Familie Gruber
möglicherweise die Welt gerettet hat

1 Stück Heimattheater
aus dem Katastrophenstadl
in fünf Szenen

Annemarie Gruber	Wirtin
Ignaz Gruber	Wirt
Lorenz Gruber	deren Sohn
Irene Huber	seine Verlobte
Ludwig	
Franz	Vier
Karl	Motorradfahrer
Josef	

und ein **Giesinger Junggesellenverein**

Das Sendlinger Gasthaus „Zum besseren Verständnis", irgendwann im Winter

Am Vorabend der Katastrophe scheint es, als hätten sich alle Prophezeiungen erfüllt. Die Welt ist kalt und leer, das Brot trocken, das Bier dünn. Die Menschen haben Angst und die Angst wohnt in Sendling.

1. SZENE

Der Vorhang hebt sich und wir blicken in das Innere einer Höhle, die eine Gastwirtschaft in sich birgt. Es mag aber durchaus auch umgekehrt sein. Die Höhle ist eine typische Tropfsteinhöhle, die Gastwirtschaft ist ebenso typisch. Zur Linken sieht man einen Tresen mit Ausschank, dahinter die Tür zur Küche und den Wohnräumen.

Im Hintergrund die Eingangstür mit einem schweren Vorhang als Windfang. Daneben die Garderobe. Zur Rechten ein Kastl und darauf ein Fernsehgerät, dessen Bildschirm für das Publikum nicht zu sehen ist. Rechts in der Kulisse befindet sich, für die Zuschauer ebenfalls unsichtbar, der Eingang zu den Kellergewölben. Schweres Holzmobiliar verteilt sich im Raum, zum Teil von allerlei Tropfstein schon durchdrungen. Der Boden ist uneben, abgetreten und glitschig.

Die Szene ist in tiefe Dunkelheit getaucht, nur da und dort schimmert und glimmert es geheimnisvoll. Unter einigen Stalaktiten stehen Blecheimer. Fast während des gesamten Spiels tropft es und aus der Ferne grollt und donnert es dumpf, wie von mächtigen Steinschlägen. Alles bietet einen trostlosen Anblick und es riecht nach Moder und Verfall.

Knarrend öffnet und schließt jemand die Eingangstür. In den Windfang kommt Bewegung, eine Hand tastet nach dem Lichtschalter, doch es bleibt dunkel. Ein Streichholz wird entzündet. Wir sehen Lorenz Gruber, einen nicht mehr ganz jungen, korpulenten Mann in dicker Winterkleidung. Er tritt hinter den Tresen, steckt einige Kerzen an, legt Mantel und Hut ab und verteilt die Lichter im Raum. Unschlüssig bleibt er stehen, schaut sich suchend um und macht lockende Geräusche.

Lorenz
Ksskss ... ksskss

Er lauscht, seufzt erleichtert auf, setzt sich an einen Tisch und raucht erschöpft. Die Tür öffnet sich abermals knarrend und eine ältere Frau betritt schwer atmend den Raum, bis unter die Arme bepackt mit Taschen und Tüten.

Lorenz

ohne Regung – Mamma.

Annemarie

Loorenz, hast du ... hast du ...

Lorenz

Ja.

Annemarie

Loorenz. Wieviel?

Lorenz

Was?

Annemarie

Wieviel soll ich jetzt machen?

Lorenz

Ja mei. Machst halt, was da ist.

Annemarie

Und einen Kartoffelsalat auch?

Lorenz

Ja logisch! – *aus der Küche Kochgeräusche*

Annemarie

Ich versteh dich nicht, Lorenz, dass du ausgerechnet heute ...

Lorenz

Mamma, heut is mein Geburtstag!

Annemarie

Ja, das weiß ich doch, aber ... wo, dass wir doch schon immer in der Familie gefeiert haben. Ausgerechnet heute ... Genügt dir das denn nicht mehr?

Lorenz

Mamma! Heut is mein Geburtstag ... des is ...

Annemarie

Ja wennst meinst. Wie spät is denn? Wann kommens denn?

Lorenz

Kurz vor sechse. Müssten gleich kommen.

Annemarie

Ausgerechnet heute. Aber die Irene kommt schon auch, hm?

Lorenz

Mamma! Die Irene hat damit gar nix zum tun. Außerdem ist
sie eine Frau.

Annemarie

Ja, ich weiß scho! Gottseidank.

Lorenz

Was ist jetzt mit die Pflanzerl? Machst die heut noch?

Annemarie

Jaa, gleich. Magst nicht doch einen Kuchen, Lorenz? Soll ich
nicht doch einen Kuchen backen?

Lorenz

Mamma! Kein Kuchen, kein Kakau, kein Garnix!

Annemarie

Ja, wennst meinst. Mach ich halt die Pflanzerl und einen Kartoffelsalat.

Lorenz

Genau Mamma. Des machst jetzt. Und wenn dann alle da sind, dann ess ma und dann kannst von mir aus einen Kakau machen.

Annemarie

Gell, schon. – *Kochgeräusche* – Ausgerechnet heute.

Lorenz

Einmal, ein einziges Mal bloß ...

Türknarren. Auftritt Ignaz Gruber. Um die 70, aber lebhaft und für die Jahreszeit zu leicht bekleidet. Er hält eine brennende Stablampe in der Hand.

Ignaz

Ist die Mamma scho zurück?

Lorenz

Ja ... geh, tu die Lampen weg. Wo warst denn so lang?

Ignaz

betätigt den Lichtschalter – Immer noch kein Licht, ha?

Lorenz

Naa. Wie schaust du denn überhaupt aus?

Ignaz

laut – Mamma! Komm her! – *Er kramt in seinen Hosentaschen und wirft eine Handvoll Batterien auf einen Tisch* – Für den Fernseh. Brauchen wir jetzt aber nicht mehr.

Annemarie

Was ist denn? Bist endlich da. Mei, wie schaust denn du aus? Holst dir ja den Tod!

Ignaz

Aufpassen jetzt! – *Er verschwindet wieder nach draußen, um gleich darauf mit einer altmodischen Stehlampe zurückzukehren.* – Na, was sagst?

Lorenz

Gar nix ... was is des, Bappa?

Ignaz

Ein gutes Geschäft is des.

Lorenz

Geschäft? Was für ein Geschäft?

Ignaz

Ein Fassl Bier im Monat und eine Flaschen Schnaps und dem Toni sein Generator läuft für uns mit. Verstehst?

Lorenz

Generator? Geht's dir noch gut, Bappa?

Ignaz

Blendend.

Lorenz

Bappa, wo wohnt der Toni?

Ignaz

Was fragst denn so blöd, ha? Aufpassen jetzt. Jetzt wird's gleich richtig gemütlich daherin. – *Er löscht alle Kerzen.* – Mama, schalt ein! – *Sie tut's, es bleibt dunkel.* – Scheiße.

Lorenz

Bappa, wie hast jetzt du den Strom daher kriegt?

Ignaz

Ja mei, Verlängerung halt.

Lorenz

Verlängerung? Bappa, des sind ja mindestens ... Wenn nicht noch mehr ... durch den Schnee?! Bappa!

2. SZENE

Die Grubers sitzen vor dem Fernsehgerät. Alle drei essen mechanisch. Man sieht, dass sie jahrelange Übung darin haben, sich nicht vom TV-Programm ablenken zu lassen. Das Gerät bleibt stumm, wirkt für den Zuschauer aber wie ein von innen beleuchtetes Kaleidoskop. Die Grubers erglühen in vielen bunten Farben und müssen blinzeln, um in dem grellen Licht überhaupt etwas zu erkennen, bleiben aber tapfer.

Annemarie
Heut is schon arg bunt, ha?

Ignaz
Hmmm ...

Annemarie
Man weiß gar nicht recht, um was es eigentlich geht.

Lorenz
Die Mamma weiß schon wieder nicht, um was es eigentlich geht.

Ignaz
Was?

Annemarie
Schmeckt's euch?
Beide – Hmmm ...
Soll ich noch einen Kaukau machen, Lorenz?

Lorenz
Naa, Mamma. Kein Kuchen, kein Kaukau, kein Garnix. Passt scho.

Ignaz
Wo bleiben jetzt deine Spezln?

Lorenz
Was weiß ich. Wird halt irgendwas sein.

Ignaz
Hast duu ... hast du heut schon ...

Lorenz
Jaa.

Ignaz

Dann is recht. Holst du mir ein Bier, Mamma? – *Sie zapft ihm ein Bier.* – Wie alt wird jetz der Bua eigentlich, Mamma?

Lorenz

schaut ihn verständnislos an – Fünfunddreißig, Bappa.

Annemarie

Geh, Bappa, des weißt du doch. Sei doch net so.

Ignaz

Wie bin ich denn? Man kann sich doch nicht alles merken.

Annemarie

Habt's ihr noch? Wollt's noch was?

Lorenz

Danke, Mamma.

Annemarie

Is noch genug da.

Lorenz

Scho recht, Mamma.

Ignaz

Und was is mit der Sirene?

Lorenz

Irene, Bappa, Irene. Und mit der Irene is nix.

Ignaz

So?

Lorenz

Heut is Junggesellenabend, Bappa.

Ignaz

Ah geh. Ich seh keinen.

Lorenz

schaut nervös auf seine Uhr – Kommen schon noch.

Ignaz

Nicht, dass d' dich mit uns langweilst, Lorenz.

Lorenz

Aber wo. Hab mich selten so amüsiert. Was ist jetzt mit deine Kabel, Bappa? Willst die draußen liegen lassen.

Ignaz

Naa. Werd ich's halt in Gottes Namen nochmal kontrollieren.

Lorenz

Genau, geh a bissl kontrollieren.

Annemarie

Was? Gehst du jetzt no raus? Du, jetzt gehst mir fei nicht mehr ohne Mantel, gell. – *Sie nestelt an ihm rum* – Und da dein Schal ... und dein Hut.

Ignaz

Geh Mamma, hör auf.

Annemarie

Nix! Ich darf dich dann wieder kurieren.

Ignaz

Wo is jetzt mei Taschenlamp'n – *Er kontrolliert, ob die Stehlampe noch eingeschaltet ist* – An ... aus ... an. Fertig. Werd's schon noch sehn. So blöd ist der Alte auch nicht.

Lorenz

Naa, ganz g'wiss. So blöd auch wieder nicht.

Ignaz

Du!

Annemarie

Jetzt schleich dich, Mo. – *Ignaz ab* – Und pass fei Obacht, gell. Mei, Lorenz, was ich mit deinem Bappa schon alles durchgemacht hab.

Lorenz

Mich wundert's, dass er überhaupt noch lebt. Stromkabel durch den Schnee. Nicht zum glauben.

Annemarie

Er meint's ja bloß gut.

Lorenz

Jaja.

Annemarie

Magst du jetz noch was essen, Lorenz?

Lorenz

Naa, Mamma, passt scho.

Annemarie

Weil, dann geh ich jetz wieder.

Lorenz

Is recht Mamma.

Annemarie

Du kannst ja noch ein bissl fernsehen, gell. Ich komm schon zurecht.

Lorenz

Ja Mamma. Die anderen werden eh gleich kommen.

Annemarie

sammelt auf dem Weg in die Küche zwei Eimer ein, die schon vollgelaufen sind. Neben einem eindrucksvollen Stalagmiten bleibt sie kurz stehen. – Mei Lorenz, hast du schon gesehn, wie dass der gewachsen is, im letzten Jahr. Wie die Zeit vergeht. Ich weiß noch genau, wie du soo klein warst. Weißt du des noch? Wie dass du dir da den Kopf ang'haut hast – *Sie bückt sich und schaut genau* – Da, man sieht's noch. Mei, hast du da geweint. Jaja – *tiefer Seufzer* – daheim ist's halt doch am schönsten. – *ab sieht ihr lange nach und geht sich dann ein Bier zapfen. Auf dem Rückweg bleibt er an jenem Tropfstein stehen und sucht nach der Kerbe, die sein Schädel geschlagen hat. Während des folgenden Monologs setzt das Hintergrundgeräusch aus. Der Lenz kauert am Boden und ist aber grad ganz woanders.* – Wann ich die Mutter zum ersten Mal gesehen habe, weiß ich nicht mehr genau. Ich muss wohl noch sehr jung gewesen sein. Ich weiß auch nicht warum, aber ich wusste sofort, dass das die Mutter war, was da so weich und warm und groß war und mich in den Armen hielt. Zuerst hab ich überlegt, wie ich es nennen soll, doch dann hab ich sofort gewusst, das ist die Mutter. Ich hab sie also „Mutter" genannt. „Mutter", sagte ich zu ihr, „du bist die Mutter". Doch was ich tatsächlich sagte, das war mehr so ein hässliches Geräusch. Scheußlich, hab ich gedacht, das muss ich noch oft üben, aber der Mutter hat das Geräusch scheint's trotzdem gefallen, weil sie so sehr schön gelacht hat. Ich hab sie gleich gemocht, die Mutter. Die Brust ist nach der Mutter das zweite, was ich erinnere. Es war immer sehr schön mit der Brust. Zuerst wusste ich nichts mit ihr anzufangen. Später dann bekam ich es heraus, wie es ging. Ich bin der Mutter sehr dankbar für die Brust. Auch die Verdauung geschah dann sehr bald und regelmäßig. Ich nahm es hin, aber ich spreche nicht gern davon, denn es kam oft zu peinlichen Szenen in der Öffentlichkeit. Und auch der Vater kam etwas überraschend. Ich war, zugegeben, nicht auf ihn vorbereitet. Die Mutter hatte ihn mir, ich weiß nicht wieso, verschwiegen. Ich wusste zuerst auch nicht, wer das war und überlegte, wie ich ihn nennen könnte, aber die Mutter hat mir den Mann dann als den Vater vorgestellt, darum hab ich die Bezeichnung auch beibehalten. Der Vater war wohl auch überrascht, mich zu sehen. Ich versuchte ihn anzulächeln, um ein bisschen höflich zu sein und um der Mutter eine Freude zu machen, aber der Vater sah ein wenig gequält drein, hatte ich den Eindruck. Trotzdem war er dann später noch sehr nett. An das Bett denke ich noch heute gern zurück. Es war ein Bett, wie ein Bett sein soll. Als ich das erste Mal in das Bett kam, hatte ich doch etwas Angst, weil es so groß war. Aber als ich dann drin war, war es sehr schön. Wie ein großer warmer See bei Nacht, in dem man mit geschlossenen Augen sich treiben lassen kann, ohne sich Gedanken um die Tiefe unter einem machen zu müssen. Freilich wusste ich damals noch nichts von Seen und Tiefen, aber ich erinnerte wohl eine Zeit, als ich wie ein Fisch war, wie der Laich in seiner Blase, dem das Innere alles ist und das Äußere nur ein noch unerfülltes Versprechen. So war das Bett. Wenn ich nichts zu tun hatte, habe ich geschlafen und geträumt. Das Schlafen hab ich mir schnell angewöhnt und ich tue es auch heute noch oft und gern. Ich hatte wirklich eine glückliche Kindheit. Das Glück war mein ständiger Begleiter. Ich hatte das Glück, sehr neugierig zu sein. Ich hatte das Glück, meine Neugier zu überleben. Und so hatte ich wohl auch glückliche Eltern. Oja, ich hatte eine glückliche Kindheit. Mein Leben war so von Glück und Freude erfüllt, dass ich mir nachts im Dunkeln selbst die Hand vors Gesicht halten musste, um mir ein wenig Angst zu machen. Aber irgendwann dann war sie auf einmal da, die Angst. Und ging nicht mehr weg. War immer da. Angst draußen, Angst drinnen. Und die Leute spüren meine Angst. Und kriegen selber Angst. Und ich weiß, es muss sich was ändern. Und will raus. Und muss wieder rein. Und will weg. Und muss wieder zurück. Weil sie immer da ist und mich beobachtet. Dabei bin ich hier doch daheim. – *Er umklammert zärtlich das Tropfgestein* – Lass mich doch in Ruh', du!

Mit einem fürchterlichen Knall zerbirst die Glühbirne in der Stehlampe.

Lorenz
Auweh! Jetz hat's ihn derbröselt.
Annemarie
stürmt aus der Küche – Jessas! Was war denn des? War des der Bappa?
Lorenz
Jetz hat's ihn derbröselt.
Annemarie
Geh, Lenz! Mach doch was. Schau doch nach!

Lorenz

Da wird nicht mehr viel zu machen sein. Die Glühbirne is hin.

Annemarie

Tss. Geh, Lenz! Der Bappa!

Lorenz

Hin.

Annemarie

Lenz!

Türknarren. Ignaz erscheint, das Gesicht rußgeschwärzt, über und über beladen mit Verlängerungskabeln und Kabeltrommeln.

Ignaz

Was schaut's denn so? Is doch nix passiert. Is was passiert?

Annemarie

wütend – Mei, Mo! Glaubstas! – *zurück in die Küche, ärgerliches Topfklappern*

Ignaz

Is doch nix passiert.

Lorenz

Mei, Bappa. Hauptsache, du hast dein' Spaß, ha?

Ignaz

Spaß? Ja, für wen mach ich des denn hier? Für mich doch nicht.
Mir is des doch wurscht.

Annemarie

*rauscht aus der Küche und stellt die beiden Eimer wieder zurück,
ihren Mann demonstrativ ignorierend; wieder ab*

Lorenz

nimmt seinem Vater die Kabel ab und lässt sie zu Boden fallen –
Wurscht, genau. Weil's wurscht is.

Ignaz

Was is denn los? Is doch nix passiert. – *schaut Lenz prüfend an
–* Ksskss ... ksskss. Hast duu ... du hast doch ...

Lorenz

Aber jaa, Bappa. Es is nur ... es is ... – *ärgerlich –* Ah, ich weiß
auch nicht, was is.

Ignaz

Was bist denn so nervös?

Lorenz

Gar nicht wahr.

Ignaz

Wo bleibt er jetzt, der Junggesellenverein? Hmm? – *Er geht sich
ein frisches Bier zapfen und wäscht sich den Ruß ab.*

Lorenz

Hör schon auf. Der Ferdl kommt auf jeden Fall. Hat er verspro-
chen. Alle ham's g'sagt, dass kommen. Alle.

Ignaz

Alle, ha?

Lorenz

Und wenn nicht ...

Ignaz

Wenn nicht, dann?

Lorenz

Jetzt hör auf, des sind meine besten Freunde.

Ignaz

Freunde? Warum hab ich dann noch nie einen gesehen von deinen Freunden? Gefällt's denen nicht bei uns?

Lorenz

Schmarrn. Die sind halt nicht von hier. Aber der Ferdl war sogar schon mal da.

Ignaz

Und heute kommens alle. Weil der Lenz Geburtstag hat.

Lorenz

Genau.

Ignaz

Jetzt sag ich dir was, Lenz. Freunde ... gibt's nicht. Weil die Leute viel zu viel reden. Ein Freund, weißt du, was des is? Ein Freund is einer, der, wenn er dich auf der Straßen trifft, dir dann nicht sofort eine reinhaut, sondern erst dann, wennst dich mal umdrehst. Ein guter Freund is einer, der dir sofort eine verpasst, aber vorher Bescheid sagt. Und ein besonders guter Spezl, der haut gleich zu, weil unter Spezln braucht man erst gar nicht lang reden. So is des. Aber die Leut reden halt zu viel. Deswegen gibt's keine echte Freundschaft nicht. Genauso, wie's auf der Welt keine Gerechtigkeit gibt. Nur Urteile. Genauso gibt's keine echte Freundschaft nicht. Der Mensch is zuallererst allein. Und des bleibt er auch sein Leben lang. Nur im Wirtshaus bleibt keiner lang allein. Außer denen, die wo allein bleiben wollen. Wenns nicht wollen, dann schmeißens eine Runde, da findet sich schon wer. Und wenn die gezahlt is, is er wieder allein, der Mensch. Bloß die, die wo nicht allein ins Wirtshaus gehen, die sind zuerst und überhaupt auch allein, aber in dem Fall dann zumindest nicht allein, mindestens zu zweit. Verstehst?

Lorenz

Naa, Bappa ...

Ignaz

Sei froh.

Lorenz

Siehst du daherin jemand?

Ignaz

mehr zu sich selbst – Man muss halt wissen, wo man daheim is.

Lorenz

Bappa. Siehst du daherin jemand?!

Ignaz

Was schreist denn so?

Lorenz

Siehst du daherin jemand?

Ignaz

Wie meinst jetzt des? Du halt, die Mamma, ich und ...

Lorenz

Und ...? Ja und? Eben! Was redst dann für einen Schmarrn daher, die ganze Zeit? Wir sind am End, Bappa! Es geht nix mehr. Keiner traut sich mehr rein da. Selbst der Toni sauft lieber daheim, der Depp. Und damit nicht genug, hat er mir die Irene schon ganz narrisch g'macht! Ich sag's dir, wie's is. Mir langt's!

Annemarie

aus der Küche – Was is denn? Was schreits denn so?

Lorenz

Scho recht, Mamma. Bappa, merkst du denn nix? Entweder wir geben's auf, oder wir lassen's bleiben.

Ignaz

Sag des nicht, sag sowas nicht. Des is doch unser Heimat, Lenz. Mir sind doch da daheim. Ich kenn doch jeden Stein daherin. Da bist du doch groß geworden. Und ich auch. Und dein Großvater. Und mein Großvater.

Lorenz

Bappa! Und die Spezln vom Opa? Wo sind die hingegangen zum Kartenspielen? Wenn mal einer reinschneit, dann sauft der doch nicht mal sein Bier aus, weil er's genau spürt, dass ... dass ...

Annemarie

stürmt in die Gaststube – Jetzt weiß ich's! Der James, der Blonde, der wo eigentlich der Bruder von der Gloria is und des nicht weiß, der hat doch so ein Ketterl, wo so eine halbe Münze dranhängt und genau die Münze ...

Lorenz

Mamma, was redst jetzt du da?

Annemarie

Ah! Jetzt habts wieder nicht auf'passt. Und dann heißt's, ich versteh nix. – *ab*

Lorenz

Ich glaub, die Mamma muss dringend an die Luft. – *Er schaltet den Fernseher aus* – Der Kasten da macht mich noch ganz deppert.

Ignaz

Lass halt an, jetzt wo gleich die Nachrichten ...

Lorenz

Kann's nicht mehr sehen.

Ignaz

Des musst mir glauben, Lenz. Ich weiß g'wiss, es wird wieder besser werden. Es kommen schon wieder andere Zeiten.

Lorenz

Immer schlechter wird's.

Ignaz

Du darfst net immer nur stur vorwärts schauen, man muss auch wissen, was man hinter sich gelassen hat.

Lorenz

Wo hast jetzt den Spruch schon wieder her?

Ignaz

Ich hab immer d'rauf gehofft, dass du des G'schäft mal übernimmst.

Lorenz

G'schäft? Was für ein G'schäft?

Ignaz

Dass d' dir eine Frau nimmst und ein paar kleine Wuuzerl ...

Lorenz

Und mit was soll ich's füttern, die Wuuzerl? Find'st du mir vielleicht eine Arbeit, als Kfz? Hat doch keine Sau mehr ein Auto.

Ignaz

... dass d' dir eine Frau nimmst. Und wenn's bloß die Sirene is ...

Lorenz

Irene, Bappa. Irene.

Ignaz

... aber die is wenigstens von da, auch wenn der Vater ein Depp is.

Lorenz

Depp mit Generator wohlgemerkt. Was meinst denn du, wo der den Sprit herkriegt, ha, Bappa? ... Hör zu. Mach'ma Schluss. Packts den ganzen Krempel zam, sperrts die Tür zu und schmeißts den Schlüssel weg. Jetzt oder nie, verstehst.

Ignaz

So, meinst? Und dann, wohin? Naa, Lenz, ich bleib da. Und die Mamma auch. Und du auch, wennst g'scheit bist. Da draußen ... is Mord und Totschlag. Schalt doch den Fernseh ein! Aber wir leben. Und nicht schlecht. Ich mach auch meine G'schäftl. Freilich, du bist noch jung, Lenz. Die Jungen wollen immer alles umschmeißen. Immer alles anders machen. Weil, wenn's anders wär, dann wär's ja anders. Aber so, auch nicht besser wie anders. Auch nix anders. Weil was anders auch nix anders is als was anders. Des is der Blickwinkel, Lenz. Weil, nachher is alles anders und du merkst es nicht. Du merkst es nicht und denkst dir, hoffentlich wird's bald anders. Bloß, wenn's dann wieder anders is, is es ja im Grunde wieder genau wie vorher. Auch nicht anders. Und du merkst es nicht und bist zufrieden. Obwohl nix anders is als wie sonst auch. Drum is des doch wurscht, Lenz. Weil, wenn's anders wär, würdest du's ja nicht mal merken. Du merkst ja nicht mal, dass d' nix merkst!

Lorenz

Bappa! Herrgottzefix! Du machst mich ganz konfus mit dem Schmarrn! Kann schon sein, dass ich nix merk, aber eines weiß ich g'wiss ... – *er deutet nach rechts in die Kulisse* – ... Angst hast, Bappa. – *leise* – Aaangst. Und zwar noch viel mehr als wir alle zam.

Ignaz

verhalten – Psch! Sei still, Lenz. Sei still ... ksskss ksskss.

Lorenz

Hilft doch nix.

Ignaz

Man braucht's ja nicht beschreien! Am End hamma daherin die Riesengaudi und keiner hat mehr einen Spaß. – *Türknarren, beide blicken zur Tür*

Lorenz

Na endlich! Ferdl!

Auftritt Irene. Sie ist Anfang 30, trägt Jeans, Parka und Pudel-mütze und wirkt etwas gehetzt.

Lorenz

Irene!

Irene

Lenz!

Lorenz

Was machst denn du da? Ich hab dir doch g'sagt, dass ich heute keine Zeit hab.

Ignaz

Schau an, die Sirene.

Irene

Hab's zu Hause nicht mehr ausgehalten.

Lorenz

Hab dir doch g'sagt, dass ich heute keine Zeit hab.

Irene

Der Bappa is scho wieder b'soffen. So schnell hab ich noch kein Fass leer werden sehen.

Ignaz

Da wird der Toni schon noch zahlen dafür. Da, die Scheißkabel kannst ihm gleich wieder mitnehmen!

Irene

Alles Gute zum Geburtstag, Lenz.

Lorenz

Danke ... Irene.

Irene

Magst mir kein Busserl geben? – *Lorenz gibt ihr einen flüchtigen Kuss auf die Wange und setzt sich wieder hin; Irene schaut ihm nach* – Spitze. Wo sinds jetzt, deine Freunde? Deine Vereinska-meraden? Warum muss ich alleine beim Bappa sitzen, wo hier rauschende Feste gefeiert werden? Hier geht ja richtig die Post ab! – *hält sich die Ohren zu und schreit* – Man versteht ja sein eigenes Wort nicht mehr, bei der lauten Musik! – *schluchzt* – is echt gemein, Lenz.

Annemarie

schaut nach, was los ist – Was is denn? Sinds endlich da? Ja mei! Die Irene. Bist doch noch gekommen. Was is denn, Kind, hast du g'weint?

Irene

Magst mich nicht mehr, ha? Dann sag's gleich.

Lorenz

Aber wo.

Annemarie

Gell Irene, sag's ihm ruhig. Wir haben doch dem Lenz sein Geburtstag immer alle zusammen, daherin ... nicht wahr? Und ausgerechnet heute ...

Lorenz

laut – Ja Herrgottsakra! Weil heut Junggesellenabend is, Kruzefix!

Annemarie

Lenz! Hör sofort auf so zum fluchen. – *bekreuzigt sich* – Brauchst nicht glauben, dass du jetzt schon zu alt bist für eine Watschen!

Lorenz

flehend – Einmal, ein einziges Mal bloß ...

Irene

Grad pünktlich sinds aber nicht, deine Freunde.

Lorenz

Kommen schon noch.

Irene

Jetzt is schon halb zehn.

Lorenz

Die kommen!

Annemarie

Irene, komm du mal mit in die Küche. Hilfst mir ein bissl, komm.

Ignaz

Des hätt'st auch billiger haben können, Bua.

Lorenz

Lassts mir meine Ruh.

Die Frauen kommen zurück. Annemarie mit einem Käsekuchen, Irene hinter ihr mit Tassen und einer Kanne Kaukau.

Annemarie

Soo, und weil wir jetzt alle wieder so schön beisammen sind, gibt's für jeden noch ein Stückerl Kuchen, gell. Und einen Kaukau haben wir auch.

Lorenz

in sich zusammensinkend – Mamma!

Die Mutter und Irene räumen das Geschirr ab. Hinter dem Tresen hört man Lorenz werkeln.

Irene

Dauernd is bei euch der Fernseh an.

Annemarie

Ja mei.

Irene

Wollts euch nicht wenigstens einen neuen organisieren?

Annemarie

Wieso?

Irene

Der is doch total hinüber. Ich seh da überhaupt nix mehr. Es is, als ob man in die Sonne schaut.

Annemarie

Der Mensch braucht halt ein bissl Ansprache, Irene. Sonst wär's ja gar so still daherin.

Lorenz

Aber Mamma, der hat doch gar keinen Ton mehr.

Annemarie

schon auf dem Weg in die Küche – Hm? Was meinst?

Lorenz

Der hat doch gar keinen Ton mehr.

Annemarie

Aber wo. – *ab* –

Irene

macht den Fernseher aus – Deine Mamma wird echt immer krasser.

Lorenz

Hm. Gibst mir mal einen Lumpen.

Irene

Wo?

Lorenz

Irgendwas.

Irene

gibt ihm irgendwas – Was fehlt denn?

Lorenz

Ah, so ein scheiß Ventil. Geht dauernd kaputt. Die Anlage da, die macht's eh nicht mehr lang.

Irene

Und eine neue?

Lorenz

steht auf – Woher denn? Außerdem hab ich's Geld gar nicht und rausgeschmissen wär's so oder so. Es is eh bloß für den Bappa. Der Wirt zapft sein Bier aus dem Fass. Des gehört sich so. Sonst könnte man ja gleich einen Trog auf die Straße stellen. Sagt er. Ich frag mich bloß für wen. – *Türknarren, Auftritt Ignaz.*

Ignaz

Lenz. Komm her.

Lorenz

Was is? – *Ignaz winkt ihm bloß.*

Irene

Wo gehst denn hin?

Lorenz

Keine Ahnung.

Irene

Bleib da.

Lorenz

Ah geh. Komm ja gleich wieder.

Irene

Na, bleib da … oder ich komm mit.

Lorenz

Geh, jetzt spinn dich aus. Geh halt hinter zur Mamma.

Irene

Aber du kommst gleich wieder, ha?

Lorenz

Tss jaa. – *zu Ignaz* – Was is denn? Was hast denn? – *beide ab*

Irene

schaut sich ängstlich um – Scheißkalt is daherin. – *ab*

Die Männer kommen zurück. Sie tragen ein Fass Bier.

Lorenz

War des jetzt alles? Was stellst dich da so an?

Ignaz

leise – Es braucht keiner wissen, wo wir unser Bier haben. Die Sirene steckt's dem Toni und morgen is kein Fass mehr da.

Lorenz

Geh, du spinnst ja. Bin wieder da!

Irene

Wo warts denn? – *sieht das Fass* – Habts ihr euer Bier vielleicht draußen? Bei der Kälte?

Ignaz

gekünstelt – Jaa!

Irene

Ihr habts doch auch einen Keller, oder? – *deutet nach rechts; die beiden weichen ihren Blicken aus* – Des gefriert doch da draußen.

Ignaz

gekünstelt – Naa!

Irene

Ja leckts mich doch. Ihr spinnts ja alle miteinander.

Lorenz

lacht – Denk dir nix. Der Bappa hat mir grad erklärt, dass es keine echte Freundschaft gibt, weil die Leute zu viel reden. Deswegen sagt er jetzt überhaupt nix mehr, gell Bappa, sonst könntest du am End noch glauben, er hätt' was gegen dich. Stimmt's oder hab ich recht, Bappa?

Ignaz

Ah! Gehts doch hin, wo der Pfeffer wächst. – *Er verschwindet in die Küche*

Lorenz

rollt das Fass hinter die Theke – Wo wächst er denn, der Pfeffer?

Irene

Weiß nicht. Einmal war ich in Reichenhall, aber da gab's nur Salz. Indien, oder?

Lorenz

Möglich. Geh ma nach Indien, Irene?

Irene

Indien? Meinst des jetzt im Ernst?

Lorenz

Und wie.

Irene

lacht – Geh, Lenz.

Lorenz

Jetzt ehrlich ... mei, muss ja nicht unbedingt Indien sein. Mit meinen paar Pfennig komm ich eh nicht weiter als bis Ramersdorf. Aber Hauptsache weg.

Irene

Was soll jetzt des, Lenz? Wie lange hab ich an dich hingeredet, dass wir weggehen zusammen. Wenigstens in die Stadt, wo man vielleicht irgendwann mal eine Arbeit findet. Alle sinds weg, alle. Und ich hätt auch schon längst weggehen sollen, aber ich bin dageblieben. Wegen dir, Lenz. Und das ist echt das einzige, was ich mir vorzuwerfen habe. Vor zehn Jahren hätten wir's vielleicht noch geschafft, aber jetzt, wo alles noch viel schlimmer ist ... Ich möcht auch nicht alt werden hier. Aber ich bleib da, wo's was zu fressen gibt.

Lorenz

Du red'st wie der Bappa.

Irene

Naa, ich red wie du. Jahrelang hab ich's mir anhören müssen: „Des is doch mein Zuhause, ich kann doch die Alten nicht allein lassen, für mich gibt's doch keine Arbeit mehr" und so weiter. Was is denn heut anders als gestern?

Lorenz

Mei, ich seh des halt anders, jetzt.

Irene

Du machst es dir einfach.

Lorenz

Was weißt denn du?

Irene

Was weiß ich denn? Was in deinem Kastl so vor sich geht, weißt doch du am allerwenigsten. Aber eines weiß ich g'wiss, so geht's nicht. So nicht, Lenz. Was is denn mit deinen Spezln? Des sind doch die Kings in Giesing, oder? Warum haben die keine Arbeit für dich? So schlecht scheint's denen ja nicht zu gehen.

Lorenz

Naa, des is nix für mich. Für des G'schäft bin ich nicht g'macht. Mir is ja wurscht, was die Leut treiben, aber lassts mich da raus.

Irene

Geh Lenz, jetzt werd nicht katholisch! Du bist doch nicht blöd. Glaubst du, irgendwer macht's anders? Der Bappa kann sich's leisten, ein ganzes Fass zu versaufen, weil er sein bissl Resthirn nicht nur zum Kreuzworträtseln benutzt. Und dein Bappa macht's auch, mehr schlecht als recht, aber es reicht, um dich durchzufüttern. Dass des mit der Wirtschaft da nix is, sieht doch jeder Depp und du sagst es ja selbst. Also, wennst noch einen Funken Verstand hast, dann gehst in die Stadt und nimmst das erstbeste was kommt. Und eines musst wissen, Lenz, ich mag nicht mehr lang warten. Auch wenn's ein Schmarrn is, aber ich möcht ein Kind und viel Zeit hab ich nicht mehr. Ich möcht, dass du der Vater wirst, aber ... es muss nicht von dir sein, Lenz. *– er umarmt sie zögernd –* Aber dass du's weißt, des Kind kommt nach mir, weil, noch so eine Schlafmützen in der Familie ...

Lorenz

Was?

Irene

Sei still. *– Sie küssen sich, die Grubers erscheinen in der Küchentür.*

Ignaz

Hrrmm. Wir gehen jetzt ins Bett. Is des recht? Vergiss die Kerzen nicht, bevorst nachkommst, gä!

Lorenz

Jaa, Bappa.

Annemarie

Ihr könnt ja noch ein bissl fernsehen, gell. Und deine Milch hab ich dir aufs Nachtkastl g'stellt, gell.

Lorenz

Jaa, Mamma.

Auf einmal herrscht absolute Stille. Kein Tropfen fällt, kein Ge-
räusch ist zu hören. Die Grubers schauen zu Tode erschrocken.

Irene

Gute Nacht ... Was is denn? Was is denn los, Lenz?!

Ignaz

leise – Hörts ihr des?

Lorenz

Naa.

Ignaz

Eben ... ksskss ksskss.

Annemarie

Bappa! Is wieder soweit?!

Irene

Lenz! Was is denn los?!

Mit einem lauten Knall schlägt die Eingangstüre auf, ein starker
Wind fährt in den Raum und löscht alle Lichter.

Ignaz

schreit – Kruzefix! Wo is mei Taschenlamp'n?!

Annemarie

Bappa!

Irene

Lenz!

Der Sturm legt sich etwas, Ignaz hat seine Lampe gefunden und
leuchtet hektisch kreuz und quer, bis der Lichtstrahl den Eingang
trifft. Dort sieht man einen älteren Mann in altmodischer Mo-
torradkombi, der sich so gerade eben noch auf den Beinen hält.
Es ist Ludwig, eine eher armselige und lächerliche Erscheinung.
Sein Aussehen lässt darauf schließen, dass er gerade einen Unfall
hatte und es scheint, als sei er selbst am meisten über die Wirkung
seines Auftritts verblüfft. In einer Hand hält er ein abgerissenes
Stück Verlängerungskabel. Er blinzelt in den Lichtstrahl.

Ludwig

Grüß Gott.

4. SZENE

Ludwig hat an einem Tisch gleich neben der Tür Platz genommen. Er hält immer noch das Kabelstück in der Hand und schaut etwas verstört. Annemarie und Irene zünden die Lichter an, Ignaz schenkt sich einen Schnaps ein und Lenz leistet Ludwig Gesellschaft.

Ludwig

Es is mir ja wirklich unangenehm, nicht wahr. Aber so geht's mir fast meistens. Also nix für ungut, die Herrschaften, nicht wahr.

Ignaz

Ja, is scho recht. Wollens einen Schnaps? Sie schauen so aus, als könntens einen brauchen.

Ludwig

Also, eigentlich müsst ich ja noch fahren, nicht wahr. Aber naja, einer geht immer.

Ignaz

bringt den Schnaps; zu Lenz – Ich glaub fast, der hat sich noch mehr erschrocken als wir. Bleich wie der Tod.

Ludwig

Wie der Tod. Haha. Jaja. – *er trinkt; Ignaz schenkt nach*

Ignaz

Was wollen jetzt Sie eigentlich da, um die Zeit?

Ludwig

Also, nix für ungut, aber Sie brauchen gar nix zu befürchten haben, gell, weil ich ja eigentlich nur auf der Durchreise bin, nicht wahr.

Irene

Auf der Durchreise?

Ludwig

Ja, halt nach München rein, nicht wahr? Müsste in der Stadt sein um zwölf möglichst. Ja.

Annemarie

Wie reist er denn, wenn man fragen darf?

Ludwig

Ja, mit mein Motorradl halt, nicht wahr. Aber, wie's halt so is, Bumsti! hat's mich g'schmissen. Mir is des ja akkurat unangenehm, aber so geht's mir fast meistens, nicht wahr.

Lorenz

Motorradl, ha? Was is denn passiert?

Ludwig

Ja, ich weiß auch nicht. Irgendwie is mir des Kabel da reingekommen und Bumsti! hat's mich g'schmissen. – *Er bemerkt den Kabelhaufen und schmeißt das Stück dazu*

Ignaz

Hrrmm.

Ludwig

Sowas passiert mir dauernd. Dann hab ich da Licht gesehen und des Schild draußen, nicht wahr, „ZUM BESSEREN VERSTÄNDNIS" und da hab ich mir gedacht, des is genau des, was ich jetzt brauch', nicht wahr.

Ignaz

Da, nehmens noch ein Stamperl. Des hilft.

Ludwig

Danke.

Annemarie

Tut Ihnen was weh? Hams Ihnen verletzt?

Ludwig

Nanaa, nicht wahr, 's geht schon.

Ignaz

Hoit as aus, is a g'sund, hoit as net aus, geht a z'Grund, nicht wahr!

Ludwig

Haha, ganz recht, nicht wahr.

Ignaz

Aber dadafür hab ich genau die richtige Medizin.

Ludwig

Danke danke, aber ich muss ja noch ... – *trinkt*

Lorenz

Soll ich's mir mal anschauen, Ihr Motorradl, weil, ich kenn mich da aus.

Ludwig

Ja, das wär ja ganz wunderbar, wär des, nicht wahr.

Lorenz

Aber nicht umsonst.

Annemarie

Geh Lenz!

Ludwig

Lassens nur, ich bin ja froh drum, gell, haha. Is des genug? – *Er legt einen Geldschein auf den Tisch; Lorenz nimmt diesen ehrfürchtig an sich*

Lorenz

Ob des ... Bappa ... – *Er reicht den Schein an seinen Vater weiter*

Ignaz

Ja uii!

Irene

Is der echt?

Lorenz

Hams da noch mehr davon, ich mein, äh ... wo haben Sie denn so viel Geld her?

Ignaz

Frag nicht so blöd, Bua, der Herr braucht jetzt eine Ruhe! Nicht wahr!? – *Er schenkt ein*

Ludwig

Danke. Also, nicht wahr, wenn Sie das hinkriegen würden, Herr ... äh, nicht wahr.

Ignaz

Gruber. Ignaz Gruber. Meine Frau Annemarie. Mein Sohn Lorenz und äh, seine ...

Irene

Irene. Huber.

Ludwig

Sehr erfreut. Aber ihr könnts auch ruhig du zu mir sagen, nicht wahr, weil ... ich bin also dann der Ludwig, Wiggerl halt, nicht wahr, also ...

Ignaz

Auch recht, äh, Ludwig, dann äh, trink ma noch einen, Ludwig?

Ludwig

Jaa naa, danke sehr, bitte. – *trinkt*

Ignaz

zu Lorenz – Was is jetzt, worauf wartest noch?

Lorenz

Ja äh ... jetzt brauch ich ja noch mein Werkzeug.

Ignaz

Dann steh net so blöd rum.

Lorenz

Jaja. – *Er geht links ab und kommt mit Werkzeugtasche und Taschenlampe wieder* – Also dann, werd ich wohl ...

Annemarie

Und zieh fei dein' Mantel an, Lenz.

Ignaz

Ja, schleich dich. – *Lorenz ab* – Und äh, Ludwig, was willst jetzt du in München, wenn ich fragen darf. Wo kommst denn eigentlich her?

Ludwig

Ja von Höllriegelskreuth halt, nicht wahr, und um zwölf möglichsterweise sollt ich in der Stadt sein. Glauben Sie, äh, meinst, er ... er schafft des, mit mein Motorradl, ha?

Ignaz

Ja schaumermal, dann sehmascho, gell. Jetzt trinkst noch einen, Ludwig, des beruhigt. So schnell wollen wir dich ja auch nicht wieder fortlassen, wost schon mal da bist, gell, haha. Weil, weißt schon, wir haben nicht oft so liebe Gäste, nicht wahr.

Irene

Genau gesagt ...

Ignaz

Hrrmm! Ja Ludwig, was is jetzt da so wichtig, drunt in der Stadt? – *Er schenkt ein*

Ludwig

Ja weißt, ich bin da terminlich verabredet, sozusagen. Punkt Zwölf am Rathaus. Ganz wichtig, nicht wahr. Weißt, ich bin doch einer von den aplo ... apo ... klyptischen Reitern, nicht wahr. – *schon sehr blau* – A ... P ... O ... KALYP ... TSCHE ... Reiter ... geht noch.

Irene

Aboglüptische Reiter? Is des so eine Art Motorradclub?

Ludwig

Club? Ahaha ... äh, naa, eigentlich weniger. Also, wir sind vier, nicht wahr. Der Karli, der Sepp und der Franz, also reschpektive Krieg, Hunger, Pest, nicht wahr. Und ich, äh ... – *verschämt* – ... ja, ich bin der Tod, nicht wahr.

Ignaz

... Der Tod? Ahja ... also Fasching, oder was?

Ludwig

Ahahaha. Naa, des is schon ernst. Nicht wahr, ganz wichtig.

Ignaz

Aha, also aboglüptische Reiter, ha? Und du bist der Tod.

Ludwig

Genau, ganz wichtig, deswegen auch, nicht wahr.

Ignaz

Ja dann, äh ... – *steht auf und tritt hinter ihn* – ... haben wir ja noch mal Glück gehabt, gell Mamma, – *er macht ihr eindeutige Zeichen* – ... dass er bloß der Tod is und nicht der Hunger, weil, gegen's Sterben hab ich ja nix, solang's was zum Fressen gibt, nicht wahr, haha! Und zum Saufen natürlich, gell Wiggerl. – *Er schenkt ihm ein und setzt sich wieder*

Ludwig

Danke, danke. Nicht wahr, aber wie gesagt, ihr brauchts euch gar nicht zum befürchten, gell, weil ich bin ja nicht wegen euch da, nicht wahr. Also, jedenfalls jetzt noch nicht – Wohlsein! – nicht wahr. – *er trinkt*

Ignaz

Genau. Prost Wiggerl, lass es dir schmecken.

Annemarie

Wollens vielleicht was zum Essen auch, Herr Ludwig?

Ludwig

Naa, vielen Dank, nicht wahr.

Ignaz

Dass d' fei nicht vom Fleisch fällst, Wiggerl. Lang zu, solang's was gibt. Man hat ja bloß des eine Leben, nicht wahr, haha.

Ludwig

Ja haha, in der Regel fast meistens. Naa, aber vielen Dank, nicht wahr. Sehr verbunden.

Ignaz

Dann musst aber noch was trinken, Wiggerl. – *schenkt ein*

Ludwig

Aja naa, ich muss ja noch ... – *trinkt*

Ignaz

So is recht. Und ... was habts ihr dann so vor, in München, du und deine Freunde?

Ludwig

Uhhh. Uhuhuuu. 'S ganz wichtig. Aber, psst, 's ein Geheimis.

Ignaz

leise – So, ein Geheimis? Na komm, Wiggerl. Uns darfst es ja wohl sagen.

Ludwig

Ahjajanaa ... wo's doch ein Geheimis is.

Ignaz

Geh Wiggerl, wenn selbst du Bescheid weißt, is es doch eh kein Geheimis mehr.

Ludwig

Äh ja, so hab ich des noch gar nicht ...

Ignaz

Na siehst. Dann kannst es uns ja auch erzählen. Aber vorher trink ma noch einen Schluck. – *schenkt ein*

Ludwig

Naa, vielen Dank. – *trinkt*

Ignaz

Jetzt seids also dann in München, und was machts dann?

Ludwig

Naja, nicht wahr, Schluss halt.

Ignaz

Schluss? Mit was?

Ludwig

Ja, mit allem halt.

Ignaz

Mit allem? Mit ... äh, also ich stell mich jetzt mal ganz blöd, gell Wiggerl ... mit was allem machts ihr Schluss?

Ludwig

Ja, also, wie soll ich sagen, mit der Welt halt, mit ... allem halt, nicht wahr. Des is dann die Abo ... Abopo ... klipse, und dann is Schluss, fertig.

Ignaz

Also, des is ja irrsinnig interessant, was du uns da erzählst, Wiggerl. Und mit dem Schlussmachen, da fangts ihr ausgerechnet grad da in München an, ha?

Ludwig

Naja, wo sonst, nicht wahr ... mir sind ja alle von da. Der Karli is von Bruck, der Sepp wohnt am Schlachthof und der Franz ... in Garching glaub ich. Und ich von Höllri ... dingsda halt, nicht wahr.

Annemarie

Ja, Herr Ludwig, ich versteh jetzt aber nicht, warum Sie denn Schluss machen wollen, mit allem.

Ignaz

Ja genau Mamma, frag mal warum.

Ludwig

Ja mei, wenn's der Chef halt so will, nicht wahr ... des geht mich dann nix an.

Irene

Der Chef?

Ludwig

Naja, – *deutet nach oben* – der Chef halt. Aber ich kenn mich da nicht aus, weil bei uns, da macht jetzt der Franz den Gruppenleiter, nicht wahr, der weiß Bescheid, gell. Da müssts schon den Franzl fragen, nicht wahr. Des is ja Bolitik, alles bolitisch, da misch ich mich nicht rein, nicht wahr.

Ignaz

Bolitisch.

Ludwig

Ja schon, Bolitik halt. Wir ham doch jetzt einen neuen da oben, nicht wahr. Des is halt Bolitik.

Ignaz

Bolitik.

Ludwig

Ja schon, bolitisch halt. Also, der Franz hat g'sagt, so ungefähr folgendermaßen, Bolitik wär dann, wenn der eine dem anderen, der wo des schon längst nicht mehr genau weiß, immer noch des eine, des wo der andere den anderen schon lang nicht mehr erzählt, weil der andere des dem einen nicht vergunnt hat und die anderen des dem einen dann nicht glauben, weil im Grunde keiner schon gar nicht mehr weiß, worums überhaupt geht. Des is dann Bolitik.

Ignaz

Ah geh, sauber. Des könnt von mir sein. Dein Spezl, der is gar nicht so blöd, ha?

Ludwig

Gell, nicht wahr. – *schenkt sich ein* – Aber ich glaub, ich muss dann jetzt, sonst komm ich noch zu spät, nicht wahr.

Ignaz

Aber wo, bloß nicht hetzen. Is ja erst halb elf. Der Lenz is bestimmt noch nicht fertig, der sagt dann schon Bescheid. Da is immer noch genug Zeit für ein ... klaiines Stamperl, ha? – *schenkt ein*

Ludwig

Naja, wennst meinst ... Ignaz. Darf doch Ignaz sagen?

Ignaz

Ja selbstverfremdlich, Wiggerl. Immer. Prost Wiggerl!

Ludwig

Hihi. Prost Nazi. Aber, eines sag ich dir, es is keine leichte Arbeit, des Schlussmachen, nicht wahr. Ich mach's nicht gern, gell. Tut's es mir fei nicht übelnehmen, gell.

Ignaz

Aber wo, wir doch nicht, Wiggerl. Denk dir nix.

Ludwig

weinerlich – Es is halt auch so, ich bin ja nicht mehr der Jüngste, nicht wahr, und dann passieren mir dauernd solche Sachen, ja. Es is schon ein Kreuz. Nicht, dauernd fällt mir was um, gell, die Augen sind halt nicht mehr die besten, überall stoß ich mich und dann die Unfälle mit dem Scheißmotorradl, nicht wahr. Dauernd is was. Der Franzl sagt auch, ich wär bloß eine Belastung, wär ich. Sagt er.

Ignaz

Ah geh, Wiggerl, du bist doch in Ordnung, oder Mamma, der Wiggerl is doch in Ordnung.

Annemarie

Jaja, wennst meinst.

Ludwig

Nanaa, ihr wollts ja bloß ehrlich sein, aber es is wahr, ich bin ... bloß ... eine Belast, für alle. Und dabei hat des erst vor ungefähr einiger Zeit erst angefangt, dass' aufhört mit mir, nicht wahr.

Ignaz

Schmarrn, Wiggerl. Komm, trink noch einen Schluck, dann schaut des gleich ganz anders wieder aus.

Ludwig

Doch doch, es is, als ob in meine Händ' alle Sachen lebendig werden, nicht wahr. Ich bin ja ein so ein Paatscherl. Lebendig, weißt, was des heißt für mich? Mit mir geht's zu End, nicht wahr. – *Der Kopf wird ihm schwer.* – Ich hab mir immer g'sagt, Wiggerl, du musst das Leben nehmen, wie's kommt, nicht wahr. Aber ... dann kommt nix ... und kommt nix und nix kommt, des is doch eine Allgemeinheit, is des doch. Früher, nicht wahr, alles anders, jetzt bloß noch ... ein altes ... Verreckerl. – *schläft ein*

Ignaz

... Wiggerl? ... Na endlich. Ich hab schon gedacht, der gibt gar nimmer auf.

Annemarie

Was hast ihm auch dauernd nachgeschenkt, wenn er heut noch fahren muss?

Ignaz

Der fährt heut nirgendwo mehr hin, Mamma.

Irene

Glaubts ihr des, was der da erzählt?

Ignaz

Geh, spinn doch net. Der is doch total ... gaga!

Annemarie

Ja, du glaubst ja eh an gar nix. Ich kann mir des durchaus ... glauben, dass der tot is, der Herr Ludwig, so schlecht, wie dass der ausschaut.

Ignaz

Mamma, ich glaub, dass du jetzt wirklich ins Bett gehst.

Irene

Ja, und der da, was hast jetzt vor mit dem? Willst den da so liegen lassen?

Ignaz

Mei, legts ihn halt auf'd Bank und schmeißts eine Decken drüber. – *Er geht zur Tür* – Lenz! – *Die Frauen legen den Tod auf eine Bank und bereiten ihm ein Bett.*

Lorenz

Was is? Will er fahren?

Ignaz

Naa, der fährt nimmer.

Lorenz

Wieso?

Ignaz

Der is b'soffen. Wie schaut's aus, draußen?

Lorenz

Mei, war überhaupt nix. Des Bike is eine Antike, aber gut in Schuss. Speichen ein bissl verbogen und's Kabel hat sich in die Kette g'fressen. Sauber g'schmissen hat's ihn halt. Des Kabel, des war doch von dir, Bappa?

Ignaz

Naa, des hat der Herrgott da hing'legt, dass der Depp d'rüberfährt. Der is total gaga, den behalten wir uns da, den halten wir uns warm solang's geht, verstehst? Der is ein Geldscheißer. Hast du dem seine Börsen g'sehen?

Lorenz

Naa.

Ignaz

Wurscht. Geht des Motorradl jetzt?

Lorenz

Naja, sicher.

Ignaz

Gut, dann gehst gleich wieder raus und sorgst dafür, dass der Bock solang nicht geht, bis dass dem seine Taschen leer sind, hast mi?

Lorenz

Meinst des jetzt im Ernst?

Ignaz

Hörst du schlecht? Auf geht's!

Lorenz

Erst soll ich's reparieren, jetzt soll ich's wieder kaputtmachen, dann muss ich's doch wieder reparieren. Auch noch an meinem Geburtstag darf ich hier den Deppen machen. – *ab*

Ignaz

Was is, Mamma, liegt er gut?

Annemarie

Jaja schon, aber ich weiß ehrlich nicht, was du überhaupt willst. Was willst denn von dem?

Ignaz

Des siehst schon noch, Mamma. Jetzt brauch ich erst mal ein Bier. – *Er zapft sich ein Bier.*

Annemarie

Jaja, besauf dich nur recht. Ich geh jetzt schlafen. Gute Nacht, Irene.

Irene

Nacht, Mamma.

Annemarie

im Hinausgehen – Mit dem Mo machst was mit, meiomei.
– *Der Tod fängt an zu schnarchen.*

Ignaz

sehr mit sich zufrieden – Da schaust, Irene. Den, wenn wir gut pflegen, dann wird des unser Lebensversicherung. Wer weiß, wenn dem seine Freunde genauso deppert sind, dann dauert's bestimmt nicht lang und wir haben auf einen Schlag gleich vier Milchküh im Stall.

Irene

Dass d' dich fei nicht verrechnest, Millibauer. Wärst nicht der erste, dens beim Viechhandel b'schissen hätten. – *nach draußen ab*

Ignaz

B'schissen, Schmarrn. Jetzt kommen andere Zeiten. Jetzt werden bei uns die großen Haufen g'schissen. Des darfst glauben. Und ich sauf mir den Kopf frei, weil, es bleibt ja eh alles an mir.

Lorenz und Irene kommen zurück.

Lorenz

Was is los, Viechhandler möchst auch noch werden? Du kannst doch keine Kuh von keinem Ochs nicht unterscheiden.

Ignaz

Tss, gä! Krampf. Bist jetzt fertig, Depp?

Lorenz

Schon. – *wirft ihm etwas zu* – Brauchst Zündkerzen? Die sollten reichen, oder?

Ignaz

Sehr gut, Bub.

Lorenz

Und was wird jetzt mit dem da? – *geht sich die Hände waschen*

Irene

Ich erklär's dir gleich.

Lorenz

Und du kommst zurecht, Bappa? Weil, wir gehen jetzt auch ins Bett.

Ignaz

Wir? Aha.

Lorenz

Ja genau. Weil, die Irene bleibt heut da, bei mir.

Ignaz

So. Aha. Naja, könnts ja machen, was ihr wollt, seids ja erwachsen. Auch, wenn man's nicht merkt. Aber weckts mir fei ja die Mamma nicht auf, gell. Sonst kommt die mir auch noch auf andere Gedanken.

Lorenz

Scho recht, Bappa. Bleibst halt noch ein bissl sitzen, bei deinem lieben Gast, gell. Aber tu nicht so laut granteln, sonst verschreckst es noch, dein Milchvieh.

Ignaz

Schleichts euch.

Lorenz

zu Irene – Zuhause is' halt immer noch am schönsten. Die liebe Familie. Mei hohm is mei kaasl ... nicht mal ein Geschenk hab ich 'kriegt.

Irene

Da schauen wir mal, vielleicht finden wir noch was, heut Nacht. – *beide ab*

Ignaz

G'schwerl. – *schenkt sich noch einen Schnaps ein und sinniert* – Immer's selbe. Im Frühjahr treibt's aus, im Sommer werd's trieben, im Herbst fällt's Laub und im Winter sitzt ma wieder alleinig vor'm kalten Ofen. Und dadafür hat der Herrgott die Eva dem Adam aus den Rippen g'schnitten. Saublöd. Hat jetzt vielleicht schon je einer gehört, dass ein Ripperl ein Hirn hätt? Naa! Genau. So is des. – *steht auf und löscht alle Lichter* – Und wer des nicht weiß, ist ein Lügner! – *ab*

Eine Zeitlang ist nun nur das Hintergrundgeräusch zu hören und das Schnarchen vom Ludwig, dann setzt plötzlich ein leises, fernes Singen ein, das erst in dem Moment verklingt, da der Tod aufwacht. Von der rechten Seite der Bühne, wo sich der vermeintliche Kellereingang befindet, fällt nun ein immer greller werdendes Licht in die Gaststube. Das Licht flackert, es hat den Anschein, als würde die Lichtquelle ständig von vorbeihuschenden Gestalten verdeckt. Der Tod wacht auf. Stille. Ludwig tritt vorsichtig in den Lichtstrahl, worauf das Flackern endet. In das Licht blinzelnd, macht er ein paar Schritte in Richtung Kellereingang.

Ludwig

nun völlig nüchtern – Ja sowas. Wer bist denn du ... hmm? Komm her. Komm. Ksskss ... ja komm. – *rechts ab* – Bleib doch da ... ksskss. Wo läufst denn hin? He! Hallo!

5. SZENE

Es ist dunkel in der Gaststube. Ludwig liegt auf der Bank und schnarcht. Es tropft und donnert wie gehabt. Die Eingangstür öffnet sich knarrend und drei Männer betreten den Raum. Es sind Franz, Sepp und Karli, ebenso wie Ludwig alle mittleren Alters. Auch ihre Kleidung ist nicht nach modischen Gesichtspunkten zusammengestellt. Sie suchen den Raum mit Taschenlampen ab.

Franz

Nicht abgesperrt, wie unvorsichtig.

Josef

Da liegt er.

Karl

Ein Bild des Friedens.

Franz

Schnauze. Mach Licht. – *Karl zündet einige Kerzen an* – Was für ein trostloser Ort. Scheißkalt daherin.

Josef

Der hat 'ne Fahne.

Franz

Wer hätte das gedacht. Weck ihn auf.

Josef

Geht nicht.

Franz

Ich hab gesagt, aufwecken, nicht streicheln. Willst ihm noch ein Schlaflied singen? – *Sepp schmeißt Ludwig von der Bank.*

Ludwig

rappelt sich auf – Was ... was is los?

Franz

Guten Morgen, Wiggerl.

Ludwig

Was, wo kommts jetzt ihr her?

Franz

Kann es sein, dass wir um zwölf Uhr verabredet waren, Wiggerl?

Ludwig

Ahhjaja, ja genau, nicht wahr.

Franz

Er erinnert sich, des is doch schon mal ein Fortschritt.

Ludwig

Jaja, nicht wahr, um zwölf, ganz wichtig.

Franz

Schön und gut, Wiggerl, aber jetzt is es gleich halb sechs, Wiggerl!

Ludwig

Ah geh?

Franz

Wiggerl! Es is ja immer eine Freude mit dir zu plaudern, aber mir geht's heute ganz beschissen. Ich hab nämlich einen Katarrh, wenn du weißt, was ich meine, Wiggerl. Und wenn du mir jetzt nicht gleich erklärst, was du hier zu suchen hast, Wiggerl, dann reißt mir der Geduldsfaden, verstehst, dann fällt der Watschenbaum um, Wiggerl! Also, spuck's aus!

Ludwig

Ja Franzl, weißt, es is mir ja wirklich unannehmlich, dass ich immer so eine Belast bin für euch, aber weißt, da fahr ich so dahin und denk mir nix und Bumsti! ... hat's mich g'schmissen.

Franz

G'schmissen? Einen Unfall hast du gehabt? Aha. Da hast dir aber einen famosen Platz dafür ausgesucht. Respekt.

Ludwig

Nicht wahr? Da hab ich dann das Schild draußen gesehen, „ZUM BESSEREN VERSTÄNDNIS" und da hab ich mir gedacht, des is genau des, was ich jetzt brauch, nicht wahr.

Franz

Und bevor du dich dann mit letzter Kraft hier hereingeschleppt hast, hast noch schnell deinen Bock schön ordentlich geparkt, gell Wiggerl.

Ludwig

Nanaa, des war so ...

Franz

Wiggerl! Weißt was? Jetzt ist es soweit, jetzt hast es geschafft.

Ludwig

Was denn, Franzl?

Franz

Jetzt hab ich auch noch ein Kopfweh, Wiggerl. Weißt, du unterforderst mich einfach, intellektuell, wenn du verstehst, was ich meine, Wiggerl. Das ist gar nicht gut für meine Konstitution.

Ludwig

Du, des kenn ich, nicht wahr, da hilft ein Schnaps immer.

Josef

Nanaa, du hast ja den ganzen Tag nix g'essen. Da krieg ich auch immer Kopfweh.

Karl

Des kommt nur, weil er sich immer so aufregt. Aufregung is ganz schlecht für den Blutdruck.

Franz

Schnauze. Ihr haltet jetzt alle sofort eure Schnauze. Ist ... das ... klar? Sonst gibt's ein Unglück! – *Packt Ludwig am Kragen* – Hör mir jetzt genau zu, jaa? Du steigst jetzt erst in deine Stiefel und dann auf deinen Bock. Und in den nächsten paar Stunden möchte ich kein Wort mehr hören, verstehst du das, Wiggerl? – *dieser nickt* – Na Bravo. Also, auf geht's. – *Ludwig schüttelt den Kopf* – Seh ich richtig? Heißt das, du weigerst dich? Werden wir jetzt auch noch renitent? – *erneutes Kopfschütteln* – Ach, du hast Einwände. Was passt dir denn nicht? – *Schweigen* – Ich erteile dir das Wort, Wiggerl. Sprich, oder muss ich es aus dir rausprügeln?

Ludwig

Mei Motorradl. Ich weiß nicht, ob's geht, inzwischen.

Franz

Schlüssel! – *Ludwig gibt ihm den Schlüssel; zu Karl* – Geh raus und schau nach. – *Karl ab; Schweigen*

Karl

von draußen – Nix! Geht nicht!

Franz

Aha. Wiggerl, das gibt Ärger.

Ludwig

Hmm?

Franz

Das gibt einen Haufen Ärger, sag ich dir.

Ludwig

Ehrlich, ha?

Franz

Ganz ehrlich, Wiggerl, das wird ein Nachspiel haben.

Ludwig

Meinst, ha?

Josef

Und wenn ich ihn hinten drauf nehm?

Franz

Ja Spitze! Ganz tolle Idee, Sepp! Wie ich's von dir gewöhnt bin! Auf dich kann man sich wirklich verlassen! Dir fällt immer was ein!

Josef

Jaja. War ja bloß eine Idee.

Franz

Ganz prima! Schönes Bild. Tolle Burschen! Er zeichnet einen Rahmen in die Luft Die Apokalyptischen Reiter und ihre faszinierende Zweiradshow! Demnächst auf der Wiesen. Genau. Gehma halt gleich zu Fuß, oder? Da hast dann schön die Hände frei, zum Winken! – *er niest*

Ludwig

Gesundheit.

Franz

Was!? Sag das nicht, Wiggerl, sag das nicht. – *packt ihn* – Verarschen, schön und gut, aber beleidigen lass ich mich nicht. Nicht ... von ... dir!

Karl

Jetzt reg dich nicht wieder auf, Franz. Was machen wir denn jetzt?

Josef

Genau, ich krieg nämlich langsam Hunger.

Franz

Er kriegt langsam Hunger! ... Begreifts ihr überhaupt, um was es hier geht, meine lieben Freunde? Wenn der Chef spitzkriegt, was hier läuft, sind wir erledigt. Und ehrlich gesagt, häng ich an dem Job, aber solche Idioten wie ihr ... sind mir in den letzten paar tausend Jahren nicht über den Weg gelaufen-ich-glaub-ich-wird-gleich-wahnsinnig!

Karl

Komm komm, äh, dann geh ich halt nochmal raus und schau, was sich machen lässt. – *ab*

Ludwig

Äh, Franzl, du hast mich ja nicht ausreden lassen, aber der Dings, äh, der Sohn vom Dingsda ... Ignaz, der wollt eigentlich schon repariert haben, des Dings ... äh, mein Bock, nicht wahr.

Franz

... Der Dings? Wer ist der Dings, Wiggerl?!

Ludwig

Na, der Sohn vom ... hier halt, Wirt, nicht wahr. Der kennt sich da aus.

Franz

So, der kennt sich da aus? Und wo ist er jetzt, der Dings?

Ludwig

Weiß net.

Josef

Da hinten ist noch eine Tür. Soll ich mal ...

Franz

Schau nach! – *Josef ab; zu Ludwig* – Und du kannst dir schon mal überlegen, wie du dich da rausredest, aber auf mich brauchst nicht mehr rechnen, Wiggerl, ich mach dich fertig, wenn das alles hier vorbei ist, das garantier ich dir, ich mach dich sowas von fertig ...

Karl

kommt zurück – Franz! Zündkerzen sind weg.

Franz

Zündkerzen! Das ist Sabotage. Wenn du nicht so abgrundtief blöd wärst, Wiggerl, würd ich ...

Aus der Küche ertönt ein spitzer Schrei. Sepp stürmt zur Küchentüre hinaus; ihm folgt ein Hagel von Blechgeschirr, sowie Annemarie, mit einer Pfanne bewaffnet und im Nachtgewand.

Annemarie

Einbrecher! Bappa, Hilfe! – *Als sie die anderen bemerkt, lässt sie von Sepp ab.*

Ignaz

Wart Mamma, ich komm schon! – *Ignaz, ebenfalls im Nachtgewand, hat eine Flinte bei sich. Er legt an* – Stehenbleiben! Malefizbua!

Franz

Auch das noch!

Ignaz

Wer seids ihr, was wollts ihr?! Keine Bewegung!

Annemarie

Der da hat in meiner Speis rumgestöbert.

Lorenz und Irene, leicht bekleidet.

Lorenz

Des gibt's ja nicht. Da erschlägst eine Weps, kommen drei zur Beerdigung!

Franz

Verzeihen Sie vielmals, Herr ... äh, die späte Störung, äh ... so früh am Morgen, mein ich, aber wir haben ein Problem.

Ignaz

Des glaub ich auch!

Franz

Folgendes ...

Ignaz

Seids ihr vielleicht die Freunde vom Wiggerl, ha? Die Aboglüptischen Reiter?

Franz

will sich auf Ludwig stürzen, die beiden anderen müssen ihn zurückhalten – Und sein Maul kann er auch nicht halten!

Ignaz

Heh, Aufhören!

Annemarie

Schmeiß sie raus, Bappa!

Lorenz

Wieso denn, soviel war hier schon lang nicht mehr los.

Ignaz

Genau. Ihr setzt euch jetzt erst alle brav hin, dann schaumermal, gell. – *Die drei setzen sich zu Ludwig an den Tisch.* – Mamma, du machst jetzt einen Kaffee für die Herren, weil, wir sind ja schließlich eine Wirtschaft, gell. Ab heute sogar ein Frühlokal!

Josef

Äh, und wenns was zum Essen hätten, weil ...

Franz

Schnauze.

Ignaz

Aber wo, natürlich. Und was zum Essen, Mamma. – *zu Lorenz und Irene* – Und ihr beide zieht euch was an, des is ja kein Aufzug so. – *Er setzt sich an einen anderen Tisch und behält die Flinte auf dem Schoß* – Also, was verschafft uns die Ehre?

Franz

Wir wollen Ihnen überhaupt keinen Ärger machen, wir sind auch sofort wieder weg, sobald dem Ludwig sein Motorrad wieder geht. Ihr Sohn soll ja angeblich schon, äh ...

Ignaz

Jaja, des scheint wohl irgendwie kaputt zu sein, dem Wiggerl sein Motorrad. Da müssens aber schon meinen Sohn fragen. Ich versteh da nix von.

Franz

Ja, wenn man ihn dann vielleicht mal fragen dürfte.

Ignaz

Man darf. Lenz!

Lorenz

Jaja, komm ja schon.

Ignaz

Die Herrschaften hätten gern eine Auskunft.

Lorenz

Bitte.

Franz

Folgendes. Wie ich gehört habe, wissen Sie ja um die Beschaffenheit von Krafträdern. Was nun das Motorrad meines lieben Kollegen hier betrifft, so wäre ich Ihnen sehr verbunden, wenn Sie uns da vielleicht eine Expertise erstellen würden. Ganz besonders interessiert mich, wann wir wieder über die Maschine verfügen können, Herr ... äh ...

Lorenz

Was?

Ignaz

Er hätt gern, dass du dem Wiggerl sein Bock reparierst.

Lorenz

Ahso. Jaa, des kann dauern.

Franz

Ahja. Wissen Sie, ich bin ja nun kein Spezialist, so wie Sie, aber ist es möglich, dass der Defekt mit dem Einbau von ein paar Zündkerzen schnell behoben wäre?

Lorenz

Möglich ist alles. Wenn's Ihnen so wichtig ist, schau ich's mir halt noch mal an.

Franz

Oja, es ist mir sehr wichtig, wenn Sie verstehen, was ich meine. *– Er zaubert aus einer Tasche drei sehr große Scheine. –* Ich wäre Ihnen wirklich sehr verbunden, Herr, äh ...

Lorenz

Gruber. Lorenz Gruber. *– Er nimmt das Geld und geht sein Werkzeug holen.*

Franz

Ich kann Ihnen nur zu Ihrem Sohn gratulieren, Herr Gruber. Ein sehr verständiger junger Mann.

Ignaz

Ja, ich wunder mich auch jedesmal, woher er das hat.

Lorenz

Also dann.

Ignaz

Lenz! Die Herrschaften da bleiben ja noch ein wenig. Auf eine Tasse Kaffee sowieso, nicht wahr? Du hast also genug Zeit, gell. Nix überstürzen. Mach's gründlich, des hast ja g'lernt, gell. Wennst fertig bist, kannst ja die ... Krafträder der Herrschaften, also ... auch ein wenig abschmieren, verstehst? Dass nix passiert bei der Kälten. Und schau besonders nach den Zündkerzen, ja?

Lorenz

Jaja. – *ab*

Franz

macht Karl ein Zeichen, dass er Lorenz nach draußen folgen soll. Ignaz droht mit der Flinte.

Ignaz

Aber was denn? Sie wollen doch wohl nicht jetzt noch raus an die kalte Luft, wo's doch gleich einen Kaffee gibt. Und natürlich auch was zum Essen für die Herren. Ah, da kommt die Mamma ja wieder.

Annemarie

Fleischpflanzerl und Kartoffelsalat. Was anderes gibt's nicht.

Josef

Ah! Wunderbar.

Annemarie

Lassens Ihnen das eine Lehre sein. Wenn man recht artig fragt, geht alles.

Josef

Sie haben völlig recht, Frau Gruber. Bitte vielmals um Verzeihung.

Annemarie

Scho recht. Lassen Sie's Ihnen ruhig schmecken, es is genug da.

Irene

schenkt den Kaffee aus.

Ignaz

Fassens zu, Herr ... wie war der Name?

Franz

Franz. Vielen Dank, für mich nicht.

Ignaz

Herr Franz, dann sind Sie wohl der Chef vom Ludwig?

Franz

Leider Gottes, Herr Gruber, so ist es. Der ... Herr Ludwig ... hat Ihnen wohl schon einiges erzählt, wie?

Ignaz

Hmm, solala. Was is jetzt des, mit den aboglüptischen Reitern?

Franz

seufzt – Apokalyptische Reiter. Wir sind so eine Art ... Vorauskommando, wenn man so sagen darf. Im Auftrag einer höheren Instanz.

Ignaz

Auftrag?

Franz

Nun ja, äh ...

Ignaz

Irgendwas bolitisches? Staatsgeheimnis, ha?

Franz

Äh, ja genau, äh ... Staatsgeheimnis. Im Auftrag der Regierung. Streng geheim.

Ignaz

Streng geheim, soso.

Franz

Jaja, streng geheim. Aber da der ... Herr Ludwig Ihnen schon so großes Vertrauen entgegengebracht hat ... sind Sie jetzt gewissermaßen auch Geheimnisträger, Herr Gruber. Und Sie haben uns ja auch so ... nett aufgenommen, also ich bin sicher, dass ich hier ganz offen sprechen darf.

Ignaz

Selbstverständlich, Herr Franz.

Franz

Also, wie gesagt, sind wir so eine Art Vorauskommando. Es handelt sich dabei um eine höchst brisante Angelegenheit, die so schnell wie möglich erledigt werden muss, weshalb die Sache mit dem Motorrad, äh ...

Ignaz

Sicher doch.

Franz

Na gut. Also, „Apokalyptische Reiter" ist bloß das Codewort für eine wissenschaftliche, eine quasi streng geheimwissenschaftliche Studie. Feldforschung. Das impliziert einerseits, äh ... Datenerhebung, wie auch Liquidation, äh ... offener Rechnungen andererseits. Ich persönlich bin Molekularbiologe und äh ... Seuchenexperte. Der Herr Karl hier ist zuständig für militärische Belange ...

Karl

Nur ungern, weil, eigentlich bin ich Pazifist.

Franz

Schnauze, äh ... der Herr Josef ist, äh ... Ernährungswissenschaftler und der Herr Ludwig, der äh ... der kommt aus dem Bestattungsgewerbe. Aber er steht sehr kurz vor der Pensionierung, nicht wahr, Herr Ludwig?

Ludwig

Wo ich doch nur ...

Franz

Schnauze, äh ... jetzt wissen Sie, um was es geht, Herr Gruber. Ich glaube, es ist dann auch an der Zeit, uns zu verabschieden. Sie werden verstehen, wir haben noch viel zu tun, aber seien Sie versichert, wir werden uns früher wiedersehen, als Sie denken. Dieser bezaubernde kleine Flecken hier liegt mir ganz besonders am Herzen. Den werd ich persönlich übernehmen. – *Er steht auf.*

Ignaz

Aber aber, wo wollens denn hin? Sie haben doch noch nicht mal was gegessen. So viel Arbeit auf leeren Magen, das ist nicht gesund.

Josef

Das sag ich ihm auch immer, aber er will's nicht hören.

Franz

setzt sich wieder – Ach ja, bevor ich's vergesse. Die Staatsregierung hat größtes Interesse am Erfolg dieses Unternehmens. Das kostet natürlich Unsummen an Geld. Deshalb sind wir froh um jedwede Hilfe. Das sag ich jetzt, weil ich Ihre Hilfsbereitschaft sehr zu schätzen weiß. So viel Gemeinsinn und Staatstreue sind äußerst lobenswert, aber man darf darüber natürlich nicht den Sinn fürs Wesentliche verlieren, nicht wahr? Ich persönlich werde mich mit Vergnügen bei höchster Stelle für Sie verwenden, dass Ihnen die Belohnung zukommt, die Sie verdienen. Und die wird nicht gering ausfallen, Herr Gruber. Wenn Sie es wünschen, besitze ich jedoch auch die Vollmacht, Ihnen eine kleine Anzahlung ... – *noch mehr große Scheine*

Ignaz

Durchaus, durchaus. Der Mensch lebt nicht vom Brot allein, nicht wahr, Herr Josef. Haha. – *Er nimmt das Geld, alle lachen*

Josef

Ihre Fleischpflanzerl, Frau Gruber, ein Gedicht.

Annemarie

Danke sehr, Herr Josef.

Karl

Und auch der Kaffee ...

Ludwig

Gell Franzl, is doch alles wunderbar. Ein Schnaps wär jetzt grad recht.

Franz

Du hältst deine äh, der Herr Ludwig trinkt wohl besser nichts mehr. Wie gesagt haben wir alle noch einen langen Tag vor uns. Drum wär es vielleicht an der Zeit, mal einen Blick nach draußen ...

Ignaz

Aber wo, bleibens ruhig sitzen. Man soll einen Handwerker nie bei der Arbeit stören, sonst ist ganz schnell ein Unglück passiert. Der Lenz sagt schon Bescheid, wenn's soweit is. Der kennt sich aus.

Franz

Herr Gruber, ich zweifle natürlich keineswegs an der Kompetenz Ihres Herren Sohnes, im Gegenteil, es ist nur so, ich verliere langsam die Geduld, und das könnte für uns alle hier weitreichende Konsequenzen haben. Meine Geduld ist nicht so unerschöpflich wie meine Finanzen, wenn Sie verstehen. – *er niest*

Ignaz

Gesundheit.

Franz

säuerlich – Danke. Vielen herzlichen Dank.

Ignaz

Da sehen Sie's. Erkältet habens Ihnen. Des kommt davon, wenn man bei dem Wetter Motorrad fährt. Was Sie brauchen ist ein heißer Tee. Mamma, machst dem Herrn Franz einen Tee, oder am besten gleich einen Grog.

Annemarie

Aber natürlich! Des wäre ja noch schöner. – *ab*

Franz

Nein nein, bitte!

Ignaz

Mit der Gesundheit soll man nicht spaßen, Herr Franz. Des müssten Sie doch am besten wissen, wo Sie doch beruflich, wie haben Sie gesagt?

Franz

Seuchen, Herr Gruber. Seuchenexperte. Epidemien. Alle Arten von Siechtum sind mein ganz spezielles Gebiet.

Ignaz

Na eben. Also passens in Zukunft besser auf sich auf, Herr Franz. Sonst werden Sie auf lange Sicht noch Ihr eigener Kunde. Was erforschen Sie denn gerade so, wenn ich fragen darf?

Franz

Äh ... – *Türknarren*

Lorenz

Bappa!

Franz

springt auf – Ah, der junge Herr Mechaniker. Sind wir soweit?

Ignaz

bedeutet ihm mit der Flinte, dass er sich setzen soll; zu Lenz – Wie schaut's aus?

Lorenz

winkt ihn zu sich an die Tür; flüstert – Was hast denn vor, Bappa? Wenn ich's noch mehr auseinandernehm, bring ich's am End nimmer zam.

Ignaz

Depp! Nicht übertreiben. Mach's so, dass es nicht auffällt und dass du's notfalls in fünf Minuten wieder fahrbereit hast, verstehst? Des läuft anders, als ich's mir vorgestellt hab. Dabehalten können wir sie nicht. Dieser Franz ist nicht so blöd. Die anderen, kein Problem, aber der da macht dauernd Ärger. Der weiß, dass ich weiß, dass er was weiß. Sobald ich ihm die Taschen geleert hab, lassen wir sie gehen. Wenn ich Patronen hätt, wär das was anderes, aber so … Ein paar Stunden noch, solang musst es noch aushalten draußen.

Lorenz

Du bist gut.

Ignaz

Des machst du schon, Bub. Bis jetzt läuft's prächtig. Am End sind's Bankräuber, dann ham wir ausgesorgt. Ich muss bloß den richtigen Moment erwischen zum aufhören, dass er nicht gar zu grantig wird.

Lorenz

Du bist scho a Hund, Bappa. – *ab*

Ignaz

Jaa, schlechte Nachrichten, Herr Franz. Es scheint so, als wär's ernst.

Franz

Herr Gruber?!

Ignaz

Ja, ich hab's zwar nicht ganz verstanden, weil ich bin schließlich kein Mechanisör, aber es schaut so aus, und des fällt ja dann wohl mehr in Ihren Bereich, als hätt es da draußen auch so eine Art Epemedie gegeben.

Franz

Herr Gruber. Ich hoffe, ich versteh Sie jetzt falsch …

Ignaz

Nein nein, genauso hab ich's auch verstanden.

Franz

sinkt in sich zusammen – Das ist tragisch, Herr Gruber. Überaus tragisch. Ich hab Sie unterschätzt, ich geb es zu.

Ignaz

Wollens vielleicht jetzt auch einen Schnaps, Herr Franz?

Franz

...

Ludwig

Äh, ich nehm gern einen.

Annemarie

bringt ein Glas – Soo, da wär jetz der Grog für den Herrn. Schön heiß.

Ignaz

Mamma, eine Runde Schnaps für alle. Und mir bringst ein Bier, bitte.

Annemarie

holt das Gewünschte; alle trinken, bis auf Franz – Ihr Männer seids doch alle gleich. Immer nur das eine wollts!

Ignaz

Jetzt hab ich Sie aber unterbrochen, Herr Franz. Sie wollten doch grad was über Ihre Arbeit erzählen.

Franz

Meine Arbeit?

Ignaz

Ja, Seuchen, Epemedien und so weiter.

Franz

... Ja, das ist vielleicht keine schlechte Idee. Das könnte lehrsam sein. Ich war schon immer ein Verfechter der Aufklärung gerade der untersten Schichten. Die Leute sollten immer wissen, was auf sie zukommt. Das verringert den Aufwand und erhöht das Vergnügen.

Ignaz

Nicht wahr? Erzählens doch ein bissl was.

Franz

Nun ja, wo soll ich anfangen.

Während des Folgenden zaubert Franz ganz nebenbei bündelwei-
se Geldscheine aus allen möglichen Taschen, so wie ein Zauberer
Tücher, und lässt diese vor Ignaz auf den Boden flattern.

Franz

Der Mensch ist in diesem Fall ja ausnahmsweise ein sehr
dankbares Studienobjekt. Nirgendwo sonst beweist die Natur
soviel Einfallsreichtum, wie bei dem Versuch, sich dieses größ-
ten der Ungeziefer zu entledigen, und ich kann ihr das nur
allzugut nachfühlen. Doch Unkraut vergeht nicht, wie man
so sagt. Ob Grippe oder Pest, euch schafft nichts, gar nichts.
Bis jetzt. Die sieben Plagen, ein Witz. Selbst die Sintflut habt
Ihr überlebt. Chefsache. Traurig, aber wahr. Dabei gäbe es so
wunderbare Möglichkeiten. AIDS zum Beispiel. Wie lange
haben wir daran gearbeitet. Aber auch Althergebrachtes hat
seinen Reiz. Die Naturgesetze sind was ganz Wunderbares.
Die sind, nach dem Aberglauben, die am weitest verbreiteten
Infektionskrankheiten. Der Erreger wird in der Regel schon
im Mutterleib auf das Ungeborene übertragen. Die Gravita-
tion, eine Spielart der Naturgesetze, führt zu unüberwind-
licher Trägheit und Schwerfälligkeit. Der Infizierte hält sich
nicht nur, in Verkennung der Tatsachen, für eine wahrhaft
gravitätische Erscheinung, sondern auch etwa die Hälfte seiner Lebenszeit im Bett auf. Was könnte man daraus nicht alles
machen?! Aber nein, stattdessen experimentiert man mit dem
Schnupfen herum, rottet einen oder zwei Indianerstämme
aus und das soll's dann gewesen sein? Oder eben der Aber-
glaube. Er kann auf jedem nur denkbaren Wege übertragen
werden. In der christlichen Welt wird er an hohen Feiertagen
sogar live übertragen! Das Krankheitsbild ist nicht eindeutig,
der Kranke ist jedoch stets der Meinung, im Besitz einer un-
umstößlichen Wahrheit zu sein. Er weiß es eigentlich besser,
will es aber nicht glauben. Da der Virus ständig mutiert, ist
es bisher zwar noch nicht gelungen, einen wirksamen Impf-
stoff zu entwickeln, aber genau das ist auch das Problem! – *er*
redet sich in Rage – Daran krankt das ganze System! Zu viele
Geplänkel, zu viele Scheingefechte. Was wir brauchen, ist ein

Generalangriff, eine weltweite Epidemie. Ein Blitzkrieg. Man darf diesen Kreaturen gar nicht die Zeit geben, sich zu wehren! Aber nein, am Ende bleiben wieder zwei übrig und alles fängt von vorne an. Raffst du einen hinweg, nehmen sofort zehn andere seinen Platz ein, so schnell vermehren sie sich. Es ist aussichtslos. Die Geister, die ich rief ... Meine einzige Hoffnung ist, sie schaffen es schließlich doch noch, sich selbst zu vernichten. Wie oft schon hab ich mir gedacht, jetzt ist es soweit! Nein, sogar zum Kriegführen seid ihr zu blöd. Wegen ein paar dahergelaufener Hippies hättet ihr womöglich noch die Armeen abgeschafft. Dann sah es so aus, als würdet ihr tatsächlich noch eure Liebe zur Natur entdecken. Als das erste Atomkraftwerk abgeschaltet wurde, habe ich geweint! Ja! Doch ich konnte mich auf euch verlassen. Was wir in Jahrtausenden nicht vermocht haben, habt ihr dank eurer kriminellen Triebe ganz allein vollbracht. Das Maß ist voll. Ihr habt es überzogen, gründlich verschissen. Dieser Planet ist am Ende! Und das ist nicht mehr fern! Und bis es soweit ist, werde ich euch tatkräftig unterstützen, das verspreche ich! Das wird die Hölle auf Erden! Endlich! Endlich! Aber dazu ... und das ist nur ein weiterer Stachel in meinem Fleisch, das werde ich auch noch überstehen, ... dazu brauche ich Ihre Hilfe, Gruber, so leid es mir tut. Ich weiß, Sie werden sich dem göttlichen Willen nicht wiedersetzen, Gruber, Sie sind doch ein einsichtiger Mensch, Herr Gruber, und ein reicher noch dazu, auch wenn Sie nicht mehr viel davon haben werden. Aber trotzdem, ich flehe Sie an, lassen Sie mich gehen und meine Aufgabe zu Ende bringen. – *er fällt auf die Knie* – Ich habe doch sonst niemanden, auf den ich mich verlassen könnte. Sehen Sie sich doch an, wen man mir zur Seite gestellt hat, Herr Gruber. Der Tod ist ein alter Depp, der nur ans Saufen denkt. Der Krieg ist Pazifist geworden und erschrickt schon, wenn man zu laut hustet und der Hunger eine Blunzen, fett und verfressen bis dorthinaus. Herr Gruber, seien Sie doch vernünftig, geben Sie mir eine Chance. Ich verspreche Ihnen ... alles, was Sie wollen, von mir aus auch einen angenehmen Tod ... Herr Gruber! – *alle schweigen still*

Ignaz

... Meiomei! Des is ja noch viel schlimmer, als ich mir denkt hab. Irene, hol den Bub rein. – *Irene hastet hinaus und holt den Lenz*

Lorenz

Was is, Bappa? Soll ich's wieder zambauen? – *er sieht den Geldberg* – Ja verreck!

Ignaz

Die Herrschaften wollen fahren.

Lorenz

... Is recht, dann ... dann dauert's nicht mehr lang. – *ab, Irene stürzt ihm nach.*

Franz

Herr Gruber, danke. Danke, Herr Gruber. Ich werde mich erkenntlich zeigen. Lassen Sie sich umarmen. – *Er küsst ihn stürmisch auf beide Wangen.*

Ignaz

Ahbä! Pfui Deifi! Des stinkt ja wie die Pest!

Franz

Genau, Herr Gruber. Genau. Auf Kameraden, frisch ans Werk. Wir faharen! – *keine Reaktion*

Franz

Was is los? Schlafts ihr schon?

Karl

Nein, es is bloß ...

Franz

Was is?

Karl

Was du da grad erzählt hast. Du nimmst des alles zu persönlich. Ich find des richtig zynisch. Zynisch und menschenverachtend.

Franz

Aha.

Josef

Ja. Und überhaupt is des gar nicht wahr, dass ich dauernd fress.

Franz

Aha. Ihr drei ... ihr seid in zehn Sekunden draußen bei den Rädern, oder ich vergess mich, ist das klar? Ist das klar, Wiggerl?

Wiggerl mit den traurigen Augen? – *schreit* – Ob das klar ist?!
Oder hast du auch noch irgendwelche Beschwerden?

Ludwig

Schrei doch nicht so, Franzl. Ich bin doch nicht taub. Aber ...

Franz

Was aber?! Aber, aber, aber! Abbaabbaabba!

Ludwig

Ich komm nicht mit.

Franz

...Wie bitte? Du ... wie?

Ludwig

Ich mag nicht mehr.

Franz

völlig am Boden zerstört – Du ... was?

Ludwig

Ich geh nicht mit, ich ... ich hab Angst!

Franz

weint schon fast – Du ... hast ... Angst?

Ludwig

Ja, ich hab ... ja so eine Angst! – *beide weinen; auch die Annemarie
kann nun die Tränen nicht mehr halten*

Franz

tobt – Aaaangst! Er hat Aaangst! Der Tod hat Angst! Vor was,
du Volldepp? Vor was?!

Ludwig

völlig eingeschüchtert – Weiß nicht, Angst halt. Ich mag da nicht
mehr raus. Da draußen ... hab ich bloß Angst!

Franz

Ich geb euch zehn Sekunden. Schafft mir den Trottel aus den
Augen. Wenn der nicht augenblicklich auf seinem Bock sitzt,
schick ich euch, alle drei, höchstpersönlich in die tiefste Hölle,
so wahr ich hier stehe!

Karl

Aber wenn er doch nicht will.

Franz

schreit – Raus! – *Karl und Josef packen Ludwig bei den Armen,
der tobt und wehrt sich.*

Ludwig

Naaiin! Lasst mich! Ich will nicht! Hilfe! Hilf mir doch! – *Er reißt sich los und verschwindet rechts in der Kulisse.*

Franz

Das darf doch nicht wahr sein! Blöd, alle miteinander, völlig debil! Worauf wartet ihr? Fangt ihn ein! – *beide nach rechts ab; zu Ignaz, der mit vorgehaltener Flinte auf Distanz bleibt*

Franz

Was ist da unten?! Der Keller?!

Ignaz

Ja schon, aber...

Franz

Aber was?! Gibt's noch einen zweiten Ausgang?

Ignaz

Weiß net, aber ...

Franz

Hörts mir endlich mit dem verfluchten ‚aber' auf! Ich kann's nicht mehr hören!

Lorenz und Irene

Lorenz

Äh, hallo, entschuldigens die Störung, Herr ... aber zwei von vier hab ich schon. Dauert nicht mehr lang.

Franz

Na wunderbar, wunderbar. Vier Motorräder, aber keine Fahrer, es wird immer besser. – *er geht nach rechts, schaut und lauscht –* Ein bisschen Beeilung, wenn ich bitten darf! Diese verdammte Tür lässt sich überhaupt nicht bewegen, die rührt sich keinen Zentimeter.

Ignaz

Ja ... des war schon immer so. Die steht schon immer bloß ein bissl auf. Da war auch noch nie jemand unten.

Franz

Was? Wollen Sie damit sagen, Sie waren noch nie in Ihrem Keller?

Ignaz

Ja ... genau.

Franz

lauscht – Nichts. Kein Ton. Heh! Seids ihr noch da? – *man hört ein fernes Echo* – Nichts. – *atemlos* – Herr Gruber. Sie wissen nicht, wie es da unten aussieht?

Ignaz

Naa.

Franz

Aha ... Sie wissen nicht, wo dieser Gang hinführt?

Ignaz

Naa.

Franz

Aha ... – *er lauscht* – Hallo! Kommt sofort wieder hoch! ... Nichts. Herr Gruber?! Was ... soll ich jetzt tun? Ihrer Meinung nach.

Lorenz

Schauens halt nach.

Franz

Ah, der junge Herr Ingenieur hat einen konstruktiven Vorschlag. Und wie wär's, wenn ihr werter Herr Vater vielleicht selbst ... nachsehen würde? Es ist ja sein Keller, nicht wahr?

Lorenz

Der Bappa schaut aber nicht nach. Der Bappa muss nämlich auf das Gewehr hier aufpassen. Stimmt's Bappa?

Ignaz

Äh, ja genau. – *richtet die Flinte auf Franz*

Franz

Aha. Soweit sind wir. Sie bedrohen mich. Einen Repräsentanten der höchsten Gewalt. Einen Ordnungshüter gewissermaßen. Sie nutzen meine momentane Schwäche aus. Das ist Ihr wahres Gesicht, Sie Straßenräuber.

Lorenz

Wir bedrohen überhaupt niemanden. Der Bappa sagt nur, dass von uns keiner da runter geht.

Franz

Aha. Dann muss ich also selber gehn, oder wie?

Lorenz

Was ist denn? Ham Sie ... vielleicht Angst?

Franz

Angst?! Ich?! Aber ... woher denn, das wär ja geradezu lächerlich wäre das.

Lorenz

Stimmt. Dann ... gehens halt. Wir warten.

Franz

Nun gut. Wenn Sie so wollen. – *geht ab* – Hallo? Seids ihr noch da? Hallo?

Die Grubers blicken sich eine Weile ratlos an. Lenz packt einen schweren Holztisch und schiebt ihn Richtung Kellereingang.

Lorenz

Bappa! Hilf mir! Irene! Hochheben! Und jetzt bei drei!

Lenz zählt bis drei, dann benützen sie den Tisch als Rammbock; solange, bis die Tür zu ist.

Ignaz

Was hast vor?

Lorenz

Wir müssen jetzt weg von hier, Bappa. Irene, du kannst doch so ein Motorradl fahren, oder?

Irene

Ja.

Lorenz

Gut. Kratz das Geld zam und stopf's in eine Taschen, schnell. – *sie tut's*

Ignaz

Lenz! Du kannst doch nicht einfach wegfahren!

Lorenz

Doch. Und ihr kommts mit!

Annemarie

Aber Lenz! Wir können doch nicht weg von hier! Des is doch unser Zuhause.

Lorenz

Mamma, des war unser Zuhause.

Ignaz

Aber, meine Wirtschaft ...

Lorenz

Von dem Geld da kannst dir zehn, hundert Kneipen kaufen, Bappa. Packts jetzt euer Zeug zam, aber sowenig wie möglich. Und ziehts euch warm an!

Annemarie

Ignaz! Ich mag nicht fort von da!

Ignaz

Komm, Mamma. Der Bub hat recht. – *beide ab*

Irene

Lenz, des hätt ich nie gedacht! Super!

Lorenz

Du nimmst den Bappa hintendrauf, ich die Mamma. Was is mit dem Toni, den müssen wir dalassen.

Irene

Der Bappa kommt schon zurecht. Der wird genug zu tun haben, nach eurem Bier zu suchen.

Lorenz

küsst sie – Jetzt beginnt ein neues Leben, Irene.

Die Grubers kommen zurück, er mit einem Rucksack, sie mit einer Tasche; beide in dicker Winterkleidung.

Lorenz

Seids ihr soweit?

Annemarie

Und der Fernseh?

Lorenz

Du kriegst einen ganz neuen, des versprech ich dir, Mamma. Auf geht's.

Alle gehen ab; die Tür bleibt offen, ein leichter Wind bläht den Vorhang auf; Motorengeräusch, das sich langsam entfernt; kurz darauf erneutes Motorengeräusch, bremsen, Türenklappen, laute Männerstimmen; eine Handvoll Betrunkener betritt die Stube. Es ist der Junggesellenverein. Alle sind sehr angeschlagen; sie tragen

Luftballons und lächerliche Hüte. Als sie bemerken, dass niemand da ist, werden sie stiller.

Erster

Lenz! Lorenz! Loo-renz! ... Keiner da.

Zweiter

Ferdl, du Depp!

ENDE

Zum besseren Verständnis

Das vorliegende Stück entstand 1996 als Beitrag zu einem Theaterwettbewerb, was an sich schon eine Schnapsidee war; umso mehr, als der Text natürlich zum Großteil abends nach der Arbeit an einem Wirtshaustisch unter Alkoholeinfluss geschrieben wurde, denn ich bewohnte damals ein winziges Zimmer, kaum größer als mein Bett, in einer Wohngemeinschaft, und die Kneipe war der einzige Ort, wo es im Winter des letzten Jahrzehnts des letzten Jahrtausends auszuhalten war. Da man bei diesen Wettbewerben immer auch einen Text zum Text abgeben muss, ich aber offenbar keine Ahnung hatte, was ich über den Text hinaus zum Text sagen sollte, fabulierte ich etwas von den drei Stufen der Erkenntnis und Platons Höhlengleichnis. Das passt ja immer irgendwie. Gewonnen habe ich natürlich nicht.

Ein wenig später bot mir ein Freund an, das Skript jemandem zu zeigen, der als Dramaturg an einem Stadttheater tätig war. Die Reaktion war freundlich, aber die vielen Fragezeichen an den Seitenrändern sprachen eine deutlichere Sprache. Doch Aufgeben und Bleibenlassen waren keine Optionen, das war ich den tapferen Grubers schuldig.

Ein paar Jahre danach schlug mir Peter Neuhaus vor, das Stück in Menden im Sauerland aufzuführen. Er saß im Vorstand des Vereins „Katastrophen Kultur e.V.", der das „Scaramouche - Zimmertheater unter dem Mendener Hallenbad" betrieb. Ein Theater unter einem Hallenbad ist eh schon ein bizarrer Ort, der einer Tropfsteinhöhle sehr nahe kommt, aber darüberhinaus webte eindeutig der Weltgeist, denn welcher Ort hätte geeigneter sein können, um mein Stück „aus dem Katastrophenstadl" zu spielen? Die Gruppe war einverstanden und Peter übernahm die Regie. Der Text musste freilich ein wenig entbajuvarisiert werden, damit das Sauerländer Publikum der Handlung auch folgen konnte. Ende Dezember 2002 eröffnete dann das Scaramouche nach langer Renovierung mit „Aufgeben oder Bleibenlassen", das über den Jahreswechsel hinweg zehnmal gespielt wurde.

Auch für mich war es eine Premiere. Ich hatte zwar selbst schon auf der Bühne gestanden, aber zum ersten Mal sah ich einen eigenen Text durch andere zum Leben erweckt. Mir ist klar, dass „Aufgeben oder Bleibenlassen" nicht in die Literaturgeschichte eingehen wird, aber auch ein Text von Shakespeare kann nicht vermitteln, dass Theater erst auf einer Bühne entsteht und der Text nicht alles ist, worauf es ankommt. Die Besetzung war großartig, die Inszenierung brillant und das Bühnenbild wunderschön. Der Vorhang öffnete sich zu Dinah Washingtons „What a Diff'rence a Day Makes" und ich bekomme heute noch Gänsehaut, wenn ich daran denke.

Wahrlich a moment of bliss!

München im März 2019
T.R.

aufgeben
oder bleibenlassen

von Tibor Rácskai

Ein Stück Heimattheater aus dem
Katastrophenstadl

SCARAMOUCHE Premiere am 25.12.02
26., 27., 28.12.02 2.-4. und 9.-11. Januar 2003
Eine Inszenierung der KatastrophenKultur

Vorverkauf: Die Rille, Daub, Kissing
Telefon 02373/10505

Zum besseren
Inh. Familie Gruber
Verständnis

Die Handlung spielt im Gasthaus „Zum besseren Verständnis",
der Familie Gruber auch als Wohnstatt dienend. Irgendwann im Winter.

Die Figuren und ihre Darsteller:

Annemarie Gruber, Wirtin   Kirsten Scharmacher
Ignaz Gruber, Wirt   Wolfgang Weist
Lorenz Gruber, deren Sohn   Stefan Neuhaus
Irene Huber, seine Verlobte   Katrin Mertens

Vier Motorradfahrer
Ludwig   Bodo Schulte
Franz   Jörg Wiedemann
Karl   Udo Joest
Josef   Peter Becker

ein Giesinger Junggesellenverein Andreas Salmen

Souffleur   Robert Schumacher
Licht   Wolfram Günnewig
Klänge   Andreas Friedrich, Matthias Mertens,
                                      Christian Fischer
Bühne / Technik / Herzblut   Wolfgang Pflüger, Martin Smith, Bodo
                                      Schulte, Andreas Salmen, Markus
                                      Jüttner, Andreas Otte, Wolfgang Weist,
                                      Frank Kleinert, Weltgeist

Inszenierung   Peter Neuhaus

Ein dickes Merci an alle, die mitgeholfen oder uns dabei unterstützt haben, unser
Theater pünktlich zur Premiere wieder so herzurichten, wie wir es verdient haben:
schön und warm und trocken.

Programmzettel und Regisseur der Uraufführung

Glöcklein der Albernheit 1 und 2

In zwei Bänden „Glöcklein der Albernheit" versammelt Tibor Rácskai,
„der gebürtige Czárdásfürst" und „Schnellfeuergewehr der hochpointierten
Kurz- und Kürzestprosa (...) Abgründiges und Kreuzbescheuertes zu
einem wilden Reigen" (Titanic) des Besten und Schlechtesten aus
drei Jahrzehnten Satire in Wort und Bild.

Tibor Rácskai
Glöcklein der Albernheit 1
Texte und Bilder

Taschenbuch, 172 Seiten
ISBN 978-3748192107
EUR 15,99

Tibor Rácskai
Glöcklein der Albernheit 2
Texte und Bilder

Taschenbuch, 180 Seiten
ISBN 978-3748193524
EUR 15,99

Zwei ebenfalls recht hübsche und unterhaltsame Bücher.

Tibor Rácskai
Meine Damen & Herren
mit Dichtern & Trichtern
von F.W. Bernstein

Dieses Buch legt man nicht aus
der Hand, man wirft es vielmehr in
hohem Bogen zum Fenster hinaus.
So in etwa äußerte sich Gertrude Stein –
allerdings zu einem ganz anderen Buch.
Für „Meine Damen und Herren" gilt
das nicht. Es enthält Kurzgeschichten,
Miniaturen, kleine Dramen, und dazu
wunderbar in Szene gesetzte Dichter
und Trichter von F.W. Bernstein.

Taschenbuch, 136 Seiten
ISBN 978-3831125852
EUR 9,90

Tibor Rácskai und Peter P. Neuhaus
Gerne wieder
Das Beste aus der Lesung
mit Wasserglas

Satirische Kurz-Prosa und
komische Lyrik: Tibor Rácskai und
Peter P. Neuhaus schreiben seit Jahren
für das Satiremagazin Titanic bzw.
die Wahrheit-Seite der taz.die
tageszeitung. Hier ist nun ihr erstes
gemeinsames Buch mit den besten
Texten aus dem wunderbaren Lese-
Abend „Gerne wieder! Das Beste aus
der Lesung mit Wasserglas".

Taschenbuch, 120 Seiten
ISBN 978-3735787538
EUR 10,90

Puskas fürchtet

Puskas fürchtet, eines Tages wahnsinnig zu werden. Er könne an nichts anderes mehr denken als daran, wie es wäre, wahnsinnig zu werden. Seit Tagen treibe ihn nur noch dieser eine Gedanke um, er wache eines Morgens auf und sei wahnsinnig. Oder er sitze beim Abendbrot und mir nichts dir nichts werde er wahnsinnig. Eben noch wäre er nicht wahnsinnig gewesen und im nächsten Augenblick schon würde er wahnsinnig. Dieser Gedanke mache ihn verrückt.

Tibor Rácskai
Puskas fürchtet
Monologe aus dem Exil

Taschenbuch, 160 Seiten
ISBN 978-3734755927
EUR 17,99

Mehr von Tibor Rácskai auf
www.racskai.de

Impressum

Aufgeben oder Bleibenlassen erscheint im Eigenverlag
Alle Rechte bei Tibor Rácskai, München, 2019

Anschrift und Kontakt:
Tibor Rácskai
Hiltenspergerstr. 26
D-80798 München
www.racskai.de

Fotografie: Gudrun Scholand-Rebbert, Menden
Die Fotos entstanden bei der Welturaufführung im Dezember 2002
im SCARAMOUCHE, dem Zimmerthetaer der Katastrophen Kultur e.V.
Menden (Sauerland).

ISBN 978-3744894302
Satz und Gestaltung: design.peterpneuhaus.de
Herstellung und Verlag BoD – Books on Demand, Norderstedt